Johannes Allgäuer

# Der Wettlauf zur Rettung der Erde

## *Spiritueller Abenteuer-Roman*

Impressum:

Herstellung und Verlag:

BoD- Books on Demand, Norderstedt

ISBN:  978-3-7481-6658-0

## Inhaltsverzeichnis:

## 1.  Der Anruf:

Tia und Seppi lagen noch friedlich schlummernd im Bett, als das Telefon sie jäh aus ihren Träumen holte.

Beim dritten Läuten war Tia dann hellwach und griff nach dem Hörer, der in Reichweite ihres Bettes war.

„Hallo…" sprach sie verschlafen in die Muschel hinein.

Die beiden waren noch vom alten Schlag, wie man so schön sagt und hatten ein gutes altes Telefon mit Schnur im Schlafzimmer stehen.

Angelo, ihr Allgäuer Freund, war am anderen Ende.

„Hi, ich bins," meldete er sich mit heiterer Stimme.

„Wie spät ist es denn und wo brennts, dass du dich in stockdunkler Nacht bei uns meldest," gab Tia etwas müde Antwort.

„Liebste Tia," kam die prompte Antwort, des stets gut gelaunten Angelo.

„Es ist schon kurz nach fünf Uhr und ich habe gerade eine wichtige Vision von der geistigen Welt bekommen, deshalb pressierts jetzt."

Tia überlegte und gähnte dabei herzhaft.

„Bist du sicher, Angelo, dass das kein Traum war?"

„Nein, war es nicht, es war ganz sicher eine Botschaft, nein mehr noch: ein Auftrag! Ich darf jetzt alle meine Freunde anrufen und ihnen diese wichtige Botschaft mitteilen."

„Und da hast du bei uns angefangen, gell?"

Angelo spürte die Ironie in der Frage trotz der frühen Morgenstunde. Er lächelte in sich hinein. Ja, so war ihre Freundin Tia.

„So ist es! Ich dachte mir, ich erzähle es euch zuerst und rufe danach alle anderen an."

„Und warum in aller Herrgotts Frühe?" fragte Tia mit einem berechtigten Nachhaker im Unterton.

„Ja, mei… Wenn's du's erst gehört hast, liebe Freundin, dann wirst schön sehn, warum's so pressiert…"

Ohjeh! Wenn Angelo versuchte Bayrisch zu schwätzen, war Holland in Not…

„Ich bin ganz Ohr," sagte sie und lauschte dem, was ihr Freund zu erzählen hatte…"

Nachdem Angelo geendet hatte, war Tia erst einmal sprachlos! Wie gut, dass sie ihren alten Mercedes generalüberholt hatten…

Es war höchste Zeit, Seppi zu wecken!

„Seppi, Schatzi," sprach sie ihm zärtlich ins Ohr. „Es gibt Neuigkeiten…"

## 2.  Plötzlicher Aufbruch:

Angelo legte beruhigend den Hörer auf.

Auch er hatte natürlich ein Telefon mit Kabel.

Diesen ganzen W-Lan „Mist", wie er meinte, konnte man getrost vergessen!

Es gab doch schon genug Strahlung, da musste man sich diese nicht auch noch ins Haus holen...

Seine Frau Viktoria, die er hin und wieder auch Vicky nannte, war zwischenzeitlich auch aufgestanden.

Angelo hatte ihr das Wichtigste in knappen Worten mitgeteilt.

Die Worte waren zum Einen beunruhigend gewesen, zum Anderen aber auch faszinierend...

Viktoria wusste noch nicht, was sie persönlich davon halten sollte. Seit Wochen waren sie schon auf den Ernstfall vorbereitet worden. Immer wieder gab es Botschaften aus der geistigen Welt dazu. Nun war es scheinbar soweit...

Viktoria schaute auf den Kalender: Bis zum Jahresende waren es nicht mehr allzu lange....

Sie mussten sich eigentlich gar nicht so beeilen, wie sie meinte, doch Angelo war da gänzlich anderer Ansicht! Heute noch, wollte er aufbrechen! Ihr kleines Paradies im Allgäu würde schon von den Engeln und Naturwesen bewacht werden, da waren sie sich einig…

Ob der VW Bus diese weite Strecke unbeschadet überstand? Sofort schob sie den Gedanken zur Seite…

Angelo predigte ihr doch immer wieder: „Nur positiv denken!" Daran dachte sie gerade und musste unwillkürlich schmunzeln…

Ihr Liebster hatte ja so recht! Durch positives Denken klappt alles, gepaart mit dem nötigen Gottvertrauen! Und davon hatte Angelo wirklich reichlich…

Sie ging ins Badezimmer und machte nur eine Katzenwäsche. Für ein ausgiebiges Bad war heute keine Zeit!

Schon 10 Minuten später war sie gutgelaunt und in bester Stimmung im Esszimmer, um das Frühstück vorzubereiten. Im Nebenraum hörte sie Angelo telefonieren. Einige Minuten später kam er lächelnd hinein und ging schnurstracks auf sie zu, nahm sie liebevoll in den Arm und gab ihr ein Bussi.

„Ich liebe dich mein Schatz," sagte er und drückte sie noch einmal liebevoll an sich.

„Ich dich auch, Schatzi," erwiderte Viktoria lächelnd zurück.

„Wie viele Anrufe hast du schon getätigt, Angelo?" fragte Viktoria und schaute ihren Mann an.

„Ich hab Phil schon erreicht, ob du es glaubst oder nicht," sagte er lachend.

Phil oder besser Phillip, war Angelos Sohn aus erster Ehe und ihn um diese Zeit zu erreichen, war mehr als etwas Besonderes, denn dieser liebte es auszuschlafen, wenn er Frei hatte und heute war keine Schule.

„Dann hatte ich Glück und Charlie und Margery waren auch schon auf. Charlie hatte eine ähnliche Botschaft wie ich bekommen und wollte uns auch schon anrufen…"

„Du und er… Ihr seid ja fast wie Zwillinge…

Was der Eine denkt, fühlt der Andere…"

„Ja, Süße," sagte Angelo lachend, „Aber das ist erst so, seit gut einem Jahr… Du weißt doch, dass die telepathischen Fähigkeiten bei vielen Menschen rasant zugenommen haben. Mit Phil rede ich auch oft telepathisch…"

Viktoria nickte. Das kannte sie nur zu gut…

Auch an ihr waren diese neuen Fähigkeiten nicht vorbei gegangen. Sie war hellsichtig geworden und konnte seit geraumer Zeit mit den Orbs kommunizieren. Begonnen hatte es alles vor ein paar Jahren, als Viktoria Orbs zum ersten Mal in Farbe sehen konnte. Sie saß dann oft stundenlang da und beobachtete diese Lichtkugeln, die in allen Regenbogenfarben leuchteten und Viktoria in ihren Bann zogen. Als sie begann, dieses zu üben, merkte sie sehr bald, dass diese Wesen intelligent sind und man mit ihnen kommunizieren konnte. Jetzt war es schon fast zur Selbstverständlichkeit geworden, mit ihnen telepathisch Gedanken auszutauschen. Angelo sah sie zwar auch, doch dass Kommunizieren überließ er liebenswürdigerweise seiner Frau, da sie große Freude daran hatte. Angelo ging ins Badezimmer und wusch sich die Hände. Im Spiegel sah er plötzlich eine kleine Elfe, die hinter ihm auf der Stelle schwebte. Dabei schlugen ihre Flügel fast so schnell wie bei einem Kolibri. „Elfi, welch eine Freude!"

Angelo war ganz entzückt über das plötzliche Auftreten seiner kleinen Freundin.

„Hallo, Angelo," hörte er ihre weiche, fast zerbrechlich, klingende Stimme.

„Was verschafft mir die Ehre deines Besuches?" fragte er die kleine Elfe. Sie setzte sich auf seine linke Schulter und begann zu berichten: „Angelo, du Lieber, es ist wirklich höchste Eisenbahn! Ihr müsst heute noch los! Mindestens 7 Menschen brauchen wir für die Rituale unterwegs und bis Südspanien mit den Autos ist auch ganz nett weit zu fahren…"

Angelo, der die Redeweise seiner Elfenfreundin genau kannte, war  wieder einmal am lächeln…

„Ich habe schon fast alle erreicht. Nur Babs und Sylvie noch nicht, aber die wohnen ja in der Nähe von München und sind im Zweifelsfall schnell hier oder wir treffen uns unterwegs…

Vielleicht am Brenner oder so…"

Elfi flatterte jetzt vor Freude! Sie summte leise, als sie lustige Pirouetten drehte! Das bedeutete, dass sie glücklich war!

Unten klingelte das Telefon! Angelo lauschte und eine Stimme sagte ihm: „Vicky ist schon dran…"

Das war doch so was von praktisch! Er brauchte nur kurz auf die innere Stimme in ihm hören, denn diese war direkt mit seinem Hauptschutzengel verbunden und er bekam sofort eine Antwort…

„Ian war es, Schatzi," sagte Viktoria, als sie ins Bad eintrat.

„Hat er auch Botschaften bekommen?"

Viktoria nickte. „Wir treffen uns in Garmisch-Partenkirchen hatte er als Botschaft bekommen."

„Gut, dann werden wir uns fertig machen, alles gut verschließen und nach Garmisch fahren."

Viktoria nickte. „Phil wird in einer Stunde bei uns sein, dann können wir losfahren."

Seit einem Jahr wohnte Phil jetzt schon bei ihnen und der Schulfreund, bei dem er übernachtet hatte, wohnte nur ein paar km entfernt. Angelo ging zu seinem Computer und rief die Emails ab.

„Aha, dachte ich es mir doch…" murmelte er vor sich hin…

Er hatte die erwartete Mail von seinem Freund Franz bekommen. Dieser war auch Heiler wie viele seiner Freunde und auch Angelo war wie sein Sohn mit heilenden Händen geboren worden. „Lieber Freund," begann Angelo die Mail zu lesen.

„Ich habe gute News für dich. Wir sind berufen worden, dem Vater zu dienen und zwar auf Fuerteventura auf den Kanaren. Ich darf bald aufbrechen. Ich werde mein Laptop mitnehmen und sofern der Vater es möchte, kann ich dir von dort auch mailen. Behüt dich Gott, lieber Freund. Ich drücke dich ganz herzlich!"

Angelo war gerührt! Aber warum denn Fuerteventura?

Komisch… Sie sollten doch nach Teneriffa…

Vielleicht hatte Franz eine andere Aufgabe vom Vater bekommen als er…

Kurzer Hand tippte er eine Antwort in den Computer und schickte die Mail ab. Franz war nicht mehr telefonisch zu erreichen, da bei ihm das Netz Probleme machte. Den Laptop hatte er beim Nachbarn positioniert und dieser erlaubte ihm großzügiger weise, seine Mails zu verschicken und abzurufen. Angelo verschickte danach noch Mails an seine auf Teneriffa lebenden Freunde Rainbow und Pedro. Rainbow war ein Althippie erster Stunde! Da er zu jedem Regenbogen oder Rainbow Festival gegangen war und die schrillsten bunten Farben als Kleidung trug, hatte er bald den Spitznamen Rainbow weg. Und da er diesen Namen so sehr liebte, sprach er auch von sich in dritter Person so. Pedro war Spanier, der aber ausgezeichnet Deutsch sprach, da er mit Rita, einer deutschen Aussteigerin verheiratet war, die lange als Hippie auf Gomera gelebt hatte. Als sie dort Pedro sah, war es um sie geschehen…

Der ewig unrasierte Spanier, der seine schwarzen Haare, die jetzt schon mit Silberfäden durchzogen waren, immer üppig zu einem Zopf zusammen band, hatte es ihr angetan...

Sie erfuhren, dass sie im letzten Leben auch Mann und Frau waren und im Naturschutz im Verborgenen gearbeitet hatten.

Pedro hatte von seiner Oma Emilia eine wundervolle Finca auf Teneriffa geerbt und sie lag weit außerhalb der Touristengebiete. Auf knapp 1800 Meter Höhe war es ihnen auch öfters vergönnt, Schnee zu genießen, denn Teneriffa bot fast alles, was man sich nur vorstellen kann...

Während Angelo die Mail an Pedro beendete, fiel ihm wieder die lustige Anekdote ein, die sie beim letzten Zusammentreffen hatten. Ihre Frauen hatten ein Bandmaß zur Hand genommen und ihre Zöpfe vermessen.

Angelo hatte dabei den Kürzeren im wahrsten Sinne des Wortes... Auf so verrückte Ideen kamen halt nur Frauen...

Er schob die Episode lächelnd zur Seite und begann Rainbow eine SMS auf sein Handy zu senden. Glücklicherweise war das mit dem Email Provider möglich. Kaum war er fertig geworden, als er sah, dass Franz schon geantwortet hatte.

„Lieber Bruder, ich werde auf der anderen Kanareninsel gebraucht. Wegen der Turbulenzen in der Luft wurde heute schon eine Warnung ausgesprochen. Wie es scheint, muss ich auch mit dem Auto fahren. Schade, dass das mit dem Teleportieren noch nicht erlaubt ist „von oben"... Ich fahre mit Irmchen und Lassie in etwa zwei Stunden los. Wenn es so sein soll, werden wir uns unterwegs treffen. Entgegen meiner ursprünglichen Gewohnheit, nehme ich doch das Notfallhandy mit. Dann muss aber Irmchen sprechen, du weißt ja, alles was ich anfasse, was mit dieser Art von Technologie zu tun hat, geht kaputt. Das Laptop funktioniert auch nur mit einem Spezialschutz durch die geistige Welt…

Meine Nummer ist die alte, die ich dir mal gab… Wer weiß, hoffentlich kann man die Handys noch benutzen, solange wir unterwegs sind. Die Interdifferenzen werden ja von Tag zu Tag heftiger. Im Internet hab ich mir die Sonnenauswirkungen angesehen. Echt krass! Je eher wir aufbrechen, je besser! Sei herzlich umarmt! Franz!"

Angelo schluckte! So plötzlich hatte er das Szenario noch nicht erwartet…

Es galt so schnell wie möglich loszufahren. Gut, dass die geistige Welt den VW Bus so modifiziert hatte, dass er gegen fast alles immun reagierte. Es war fast eine fahrende Schutzeinrichtung! Der Diesel Verbrauch war optimal eingestellt worden und die modifizierten Spritleitungen schafften es, dass David, so hieß der VW Bus, mit 5 Litern Diesel auf 100 km fahren konnte.

Der Tank war vorsorglich komplett gefüllt worden und 200 Liter Pflanzenöl mussten noch verstaut werden, da David umgerüstet worden war und wahlweise mit Diesel oder Pflanzenöl fuhr. Während er seiner Frau Bescheid gab, ging er in den Stall und begann David zu bepacken…

## 3.  Die Fahrt beginnt:

Phil hatte schnell reagiert. Er war ja schon groß!

Kurz vor seinem 17. Geburtstag hatte er die stattliche Größe von 185 cm erreicht und damit war er nur noch 3 cm kleiner als sein Vater. Da der Vater seines Schulfreundes Paul nicht daheim war, blieb Phil nichts anderes übrig, als die 10 km mit dem Radl zu fahren. Er mühte sich recht ab und erreichte das Haus seines Vaters nach 50 Minuten. Etwas außer Puste begrüßte er seine Ziehmutter Viktoria liebevoll und gab ihr ein Bussi auf die Wange.

„Hi Mom, wo ist Papa?" fragte er sie. Sie wies mit der Hand Richtung Stall und Phil verstand. Als er den Stall betrat kamen ihm keltische Musikklänge entgegen. Sein Vater war also in guter Stimmung! Das Lied „Loch Lomond" in der Fassung der schottischen Band Runrig hörte er seinen Vater laut mitsingen. Ja, so war er, sein Daddy! Ein Unikum schlechthin!

Aber doch der liebste, gütigste und friedlichste Vater, den man sich nur vorstellen und wünschen konnte. Phil ging auf ihn zu und umarmte ihn kurz. „Hi, Dad! Da bin ich schon," sagte er. Angelo lachte. Er mochte es, wenn Phil ihn „Dad" nannte...

„Singst du nachher bei jedem Lied mit, Dad?" fragte Phil schmunzelnd. „Das hängt von Mama ab... Ob sie es mir erlaubt..." Beide mussten dann kräftig lachen! Viktoria war halt die heimliche Chefin...

Phil half seinem Vater den Rest in den Bus zu verladen und ging dann ins Haus um sich frisch zu machen und das Notwendigste zu packen. Er überlegte noch, ob er seine Spielekonsole mitnehmen sollte, entschied sich aber dagegen und packte stattdessen diverse andere Utensilien ein, von denen er meinte, sie brauchen zu können…

Um 7.30 Uhr waren die wichtigsten Sachen verstaut und Angelo nickte zufrieden stellend seinen Kopf.

„Wunderbar!" Da dieses eines seiner Lieblingsworte war und er bei guter Laune es oft erklingen ließ, wussten die beiden anderen, wo er momentan gefühlsmäßig ein zu gruppieren war. Viktoria lief schnell ins Haus, als das Telefon klingelte. Nach wenigen Minuten kam sie zurück.

„Es waren Tia und Seppi. Sie sind in ein paar Minuten hier. Sie haben Charlie und Margery dabei. Sie möchten gerne bei uns mitfahren, wenn das möglich ist."

Angelo nickte. Der Bus war ein Multivan und für 7 Leute ausgelegt. Bis nach Garmisch würde es sehr beengt sein, aber dort konnte ein Teil des Gepäcks auf das andere Auto von Babs verteilt werden. Es gab eine freudige und herzliche Umarmung, als die vier Freunde mit dem alten Mercedes ankamen. Schnell wurde alles verstaut und Angelo bat Ur-Erzengel Michael, auf das Haus und das Grundstück aufzupassen.

Dann wurde ein Schutzgebet gesprochen und die 7 köpfige Truppe brach auf, ihrem Abenteuer entgegen…

## 4. Auf der Finca:

Rita war ganz aus dem Häuschen! Das würde eine wundervolle Wiedersehensfreude geben! Pedro, ihr Mann, war im Garten und erntete reife Früchte. Das tat er jeden Tag, wo es möglich war, denn Rita und er waren fast vollständig autark! Ritas Wunsch war es immer gewesen, aus der Finca ein spirituelles Zentrum zu machen und ihre Lage oberhalb von Vilaflor war als wunderbar zu bezeichnen, doch das Testament von Oma Emilia erlaubte es 3 Jahre lang nicht.

Sie hatte als letzten Willen verfügt, dass Pedro drei Jahre lang, „seriös" leben sollte und einer geregelten Arbeit nachzugehen habe, sonst würde er das prächtige Anwesen, was diese Finca nun mal war, nicht bekommen. So ergab sich Pedro seinem Schicksal und arbeitete seit dieser Zeit beim Nachbarn drei Kilometer entfernt, als Gärtner. Nun muss man sich dass so vorstellen, dass Arbeiten und Pedro zwei Worte sind, die nicht zusammen passen. Er hatte sich mit dem Nachbarn darauf geeinigt, dass er für 10 Euro die Stunde mit dem „Rasenmäher –Auto" wie er es nannte, dessen Wiese mähte.

Da die drei Jahre letzte Woche zu Ende gegangen sind, war auch der Deal mit dem Nachbarn beendet worden und Rita und er planten schon das spirituelle Zentrum, als die Nachricht von Angelo sie erreichte…

Sie fieberte schon voller Freude diesem Erlebnis entgegen und wollte es im Kreis von Gleichgesinnten Freunden feiern.

Das spirituelle Zentrum sollte bis dahin stehen...

Mit Hilfe der deutschen Freunde, die ja auf dem Weg zu ihnen waren, konnte es nur besser laufen...

Nur schade, dass Angelo nichts über den Grund sagte, warum sie so plötzlich nach Teneriffa kamen...

Rita wurde in ihren Gedanken unterbrochen, denn Pedro kam freudig strahlend ins Haus!

„Mi corazon," begrüßte er sie mit seinem Lieblingskosewort.

„O lala," sagte sie und hielt ihm ihren Mund kussbereit entgegen.

Pedro drückte ihr einen dicken Schmatzer auf.

„Mein Engelchen" sagte er jetzt in etwas gebrochenem Deutsch.

„Wo und warum kommen Freunde jetzt zu uns, kannst du sagen mir, warum?"

Rita lächelte und meinte:

„Pedro, mi vida, mein Leben, ich weiß es selber noch nicht. Wir sollen nur Notvorräte für 2 Wochen vorbereiten."

„Dios mio!" rief Pedro.

„la quincena?" fragte er ungläubig.

„Ja, für 2 Wochen, du hörst richtig!"

„Woher ich soll nehmen, so viele Essen und Fruchte für alle?" fragte er.

„Ach weißt du, mein Schatz, dass schaffen wir schon. Wir fangen heute an. Ich gehe im Super Mercado einkaufen und besorge Nudeln und Reis und noch einiges…"

„Entendidos! Ich einverstanden bin," meinte Pedro und lächelte.

Rita schaute in ihren Geldbeutel und seufzte. „Kannst du mir Geld geben, Pedro?"

Dieser ging zum Schränkchen, wo sein Geldbeutel lag und gab ihr einen 100 Euro Schein.

„está bien," sagte Rita. Sie deutete damit an, dass sie zufrieden war.

„De nada, bitte schon," antwortete Pedro. Rita zeigte ihr schönstes Lächeln und steckte den Geldschein ein.

„Ich bin in einer Stunde etwa zurück. Adios, Pedro!"

„Hasta Luego!" rief ihr Pedro zu.

Rita freute sich, endlich einmal wieder einkaufen zu gehen. Die letzten Wochen hatten sie nur von den Erzeugnissen des eigenen Gartens gelebt.

Nicht, dass es sie nerven würde, aber mal wieder shoppen…

Mit einem Lächeln stieg sie in den Geländewagen ein…

## 5. Großes Wiedersehen in Garmisch

Angelo fuhr sehr vorsichtig. Er wollte den VW Bus schonen und das gute Stück war recht voll beladen.

Nach einer dreiviertel Stunde passierten sie Peiting und fuhren auf die B23. Angelo musste an seinen Freund Ian denken, der ein Verschwörungstheoretiker war und immer, wenn ihm bestimmte Symbole und Zahlen begegneten, gleich alles Mögliche sich zusammen fantasierte.

Angelo grinste deshalb.

„Was grinst du denn so?" fragte Seppi.

„Wir sind auf der B23. Wenn Ian das jetzt sehen würde…"

„Ach du meinst…" wollte Seppi gerade sagen, doch Angelo fiel ihm ins Wort.

„In der Tat, Seppi, in der Tat. Doch lasst uns nicht davon reden, sondern diese wundervolle Landschaft bestaunen!"

Auf Angelos Anregung hin, schauten sie sich diese schöne Gegend an, die zum Urlaub machen geradezu einlud.

Als sie an Oberammergau vorbeifuhren, sagte Seppi mit Tränen in den Augen: „Die Passionsspiele kann ich mir nicht ansehen. Ich leide dann immer mit unserem Herrn mit."

Auch Tia war plötzlich sichtlich ergriffen. Angelo nickte ebenfalls.

„Wir sind bald in Garmisch, da treffen wir ja unsere Freunde."

Nach etwa 15 Minuten hatten sie den Bahnhof von Garmisch-Partenkirchen erreicht. Angelo stellte den VW Bus ab.

Ihre Freunde waren noch nicht angekommen, hatte sie nach einem intensiven Begutachten des ausgemachten Parkplatzes festgestellt.

Babs ihr „Silberpfeil", wie sie liebevoll ihr Auto nannte, war noch nicht da.

„Wie wäre es mit ner Pizza?" fragte Tia in die Runde.

Angelo zog die Schultern hoch. „Meinetwegen. Eigentlich bin ich ja Veganer, aber einmal Käse essen, wird mich bei ner vegetarischen Pizza schon nicht umhauen..."

„Bestell doch Pizzabrot," riet Viktoria. „Da ist kein Käse drauf!"

„Super Idee!" Phil klopfte seinem Vater auf den Rücken.

„Sonst nehme ich deinen Käse, Dad! Kein Thema!" Sie schmunzelten sich zu und wollten die Idee in die Tat umsetzen, da sagte Seppi: „Stopp! Haltet ein!" Sie drehten sich um.

„Glaubt ihr allen Ernstes, dass man vor 12 Uhr mittags Pizza bekommt?"

„Warum nicht?" Seppi schüttelte den Kopf. „Wie wäre es mit einem Eis?"

„Auch nicht schlecht," meinte Phil grinsend und leckte sich über den Mund. Doch bevor sie sich entscheiden konnten, kam der „Silberpfeil" in dem Moment um die Ecke gebogen.

„Das nennt man aber jetzt Timing…" entfuhr es Viktoria lächelnd. Babs ließ ihre Scheibe herunter und winkte den Freunden zu. Ein Parkplatz war schnell gefunden und dann gab es ein stürmisches Umarmen. Scheinbar war so etwas am Bahnhof nichts Ungewöhnliches, denn fast niemand nahm Anstoß daran oder achtete darauf. Das Umladen des Gepäckes ging schnell von statten. Babs, die ein Erdgas Auto fuhr, hatte noch kurz vorher vollgetankt, wie sie sagte. Sylvie und Francesco waren beide sonnengebräunt.

„Wie habt ihr das denn ohne Urlaub erreicht?" fragte Angelo.

„Balkonien und Spaziergang im Zauberwald," meinte Francesco mit seinem niedlichen Dialekt. Er sprach wunderbar deutsch. Er war ebenfalls wie Angelo ein Vertreter der Langhaar-Szene und trug dazu noch einen langen Bart und Angelo schmunzelte, als man ihn als modernen „Catweazle" bezeichnete. Francesco lächelte und verneigte sich weise. Sie bestiegen bald wieder ihre Autos und fuhren weiter. Bald war die Grenze nach Österreich erreicht und als sie Innsbruck passierten und auf die Brenner Autobahn fuhren, fühlten sie sich irgendwie anderes. Ein ungewisses Schicksal lag vor ihnen…

## 6. Franz hat Probleme:

Franz war auch gut mit seinen beiden Lieben weggekommen. Selbst Bordercollie Lassie hatte die Fahrt gut verkraftet. Das Problem von Franz war, dass er zu viel Energie in den Händen hatte. Alles was er an Geräten berührte die mit Strom liefen, wenn er aufgeregt oder wütend wurde, gingen kaputt!

Dank der geistigen Welt, war sein Auto so modifiziert, dass es permanent geschützt wurde. Franz war teilweise 180 km/h schnell gefahren, um gut voran zu kommen, doch dann hatte es ihn doch erwischt. In Ulm wurde er geblitzt und regte sich darüber auf. Im Rückspiegel sah er noch, wie der Blitzapparat Funken sprühte und zwei Beamte hektisch um ihn herumstanden. Die geistigen Helfer sagten ihm, er möge in seine Mitte kommen, sich an die Geschwindigkeitsbegrenzungen halten und weiterfahren.

Irmchen meinte: „Lass mich doch mal ein Stück fahren."

Franz willigte ein und hinter dem Autobahnkreuz wo es auf die A 7 geht, hielten sie auf einem kleinen Rastplatz. Er war fast menschenleer. Nur ein LKW stand weiter vorne. Lassie durfte schnell ein Geschäft erledigen und Franz öffnete die Thermoskanne und gönnte sich einen Schluck Kaffee. Heiß und Schwarz! So mochte er ihn! Nach einigen Minuten ging es ins Auto zurück. Er wollte sich gerade anschnallen, als er eine telepathische Botschaft bekam: „Deine Freunde aus dem

Allgäu. Angelo und seine Mitstreiter sind schon ein Stück weiter als ihr."

Franz nickte und sagte: „Alles klar. Habe verstanden. Wo sind sie denn?" Die Stimme sagte: „Sie haben eben die österreichische Grenze überschritten und fahren Richtung Brenner."

„Dann sind sie etwa 2 Stunden vor uns, kann das sein?" Dabei schaute er wieder nach draußen.

„Ihr werdet sie in einigen Stunden eingeholt haben, da die beiden Autos nicht so schnell fahren."

Franz nickte und bedankte sich im Stillen für die Botschaft und dankte Gottvater für seinen Beistand. „Schatz, ich werde doch weiterfahren," sagte er zu seiner Frau.

„Wir wollen unsere Freunde einholen. Wir haben eine gemeinsame Reise." Dann ging es mit flotter Geschwindigkeit weiter...


## 7.  Rainbow kommt ins Spiel:


Rainbow, der sich ein Grundstück auf Gomera gekauft hatte und dort ein hippieähnliches Aussteigerleben führte, staunte nicht schlecht über den Wortlaut der SMS: „Sind auf dem Weg Richtung Teneriffa. Komm auch rüber zu Pedro. Love Angelo."

Wer war denn nun wieder dieser Pedro? Wie kam Angelo auf die Idee, dass er Pedro kennen würde? Rainbow kratzte sich über den sonnengebräunten, fast kahlen Schädel…

Plötzlich hatte er eine Idee: Seine Freundin Sandra lebte doch auf Teneriffa. Vielleicht wusste sie wer dieser Pedro war…

Er griff zum Handy und schickte Sandra eine SMS und legte danach das Handy wieder ins Haus. Das Meer lachte ihn voller Freude an. Ach, ein bisschen Schwimmen könnte jetzt nicht schaden. Rainbow ging hinunter zum Meer und die 300 Meter Weg taten ihm gut. Er zog sich nackt aus und sprang in die Fluten. Aah! Wie gut tat das!

Nach 15 Minuten kam er gutgelaunt aus den Fluten zurück und legte sich zum Trocknen in die Sonne. Danach zog er sich wieder an und kehrte zu seiner Behausung zurück. Ein richtiges Haus war das nämlich nicht, mehr eine notdürftig zusammen gezimmerte Bude. Aber sie war besser als die Höhle, in der er vorher immer schlief. Er griff nach seinem Handy, als er in seinem Wohn-Schlafraum war und staunte! Sandra hatte schon geantwortet. Das ging aber prompt! Er las voller Neugierde die SMS: „Kenne einen Pedro. Lebt mit deutscher Frau. Nahe Villaflor. Der wird es wohl sein. Sandra."

Rainbow überlegte, was er jetzt tun sollte. Auf seinem Land war außer ihm zurzeit niemand anwesend. Morgen kamen Jenny und Hotte zurück. Er nahm kurzentschlossen einen Zettel zur Hand und begann den beiden eine Mitteilung zu hinterlassen: „Ihr Lieben! Muss dringend nach Teneriffa rüber. Nehme die nächste Fähre. Angelo hat aus Deutschland Bescheid gegeben, dass es pressiert und wir treffen uns bei einem Pedro bei Villaflor. Könnt mich ja anrufen. Das Handy nehm ich mit. Wir haben ja jetzt mit dem Notstromaggregat Strom zum Aufladen des Akkus. Alles Liebe, euer RAINBOW."

Dann befestigte er den Zettel so, dass er nicht wegfliegen konnte und verschloss sein Zuhause. Die Zeiten, wann die Fähre fuhr, kannte er auswendig. Zielstrebig machte er sich auf den Weg...


## 8. Wunderbare Eingebungen:


Franz fuhr viel zu schnell! Er wollte seine Freunde einholen!

Seine innere Stimme riet ihm bis Füssen weiter zu fahren und dann von unten herum nach Garmisch zu fahren.

Was er zu dem Zeitpunkt nicht wusste war, dass die Freunde einen außergewöhnlichen Stopp einlegten, da Tia Durchfall bekommen hatte und so die Truppe zum Stoppen brachte.

Als Franz Neuschwanstein vor sich auftauchen sah, musste er unwillkürlich langsamer fahren.

„Lass uns einen Moment stoppen," sagte seine Frau.

„Einverstanden." Sie hielten einen Moment an und fokussierten sich auf das Märchenschloss von König Ludwig II.

„Was würde ich dafür geben, jetzt den „Kini" hier zu treffen," sagte Franz schmunzelnd. „Du mit deinem Mittelalter Tick…"

Irmchen versuchte etwas entzürnt zu schauen, musste aber sofort lachen, als Franz die gleiche Miene aufsetzte wie ihr treuer Hund. Franz viel in das Lachen ein und es gab ein herrliches minutenlanges Gelächter.

„Übrigens, Irmchen, der „Kini" lebte nicht im Mittelalter…"

„Aber sein Märchenschloss sieht so aus…"

Franz schmunzelte. Gegen diese Art weiblicher Logik kam er nicht an… „Sag mir doch, Schatzi, was es jetzt mit Fuerteventura auf sich hat…"

„Wenn ich das nur wüsste," meinte Franz und griff zur Thermoskanne, um sich noch einen heißen Schluck Kaffee zu genehmigen. Dann setzten sie ihre Fahrt vorwärts.

Die Seitenstraßen führten sie in rascher Zeit nach Garmisch-Partenkirchen. Ohne Stopp ging es weiter Richtung Österreich. Etwa 10 km hinter der Grenze tankten sie kurz und ließen Lassie sein Geschäft auf einer Wiese erledigen.

Irmchen hatte ihr Schäufelchen dabei und entsorgte pflichtbewusst die „Hinterlassenschaft" ihres Hundes. Die Wetterturbulenzen begannen wiedereinzusetzen.

„Hoffentlich spinnt die Elektronik der Grenze nicht," murmelte Franz. Schon waren sie am Mauthäuschen. Doch es ging alles gut und Franz zahlte und sie konnten weiterfahren.

„Das gefällt mir nicht, was da am Himmel los ist," sagte er halb in seinen Bart murmelnd.

„Was denn, Schatzi?" fragte Irmchen. „Na, die Wetterfluktuationen am Himmel..."

Irmchen ließ nicht locker. Diese Antwort reichte ihr nicht.

„Bitte erklär es mir deutlicher und halte dich bitte an die Geschwindigkeitsbegrenzung, wir sind jetzt nicht mehr in Deutschland."

Franz lächelte. Wie sehr sie sich doch um ihn sorgte! „Also," begann Franz. „Alles fing vor ein paar Jahren an, wie du vielleicht noch weißt. Damals fanden die ersten gravierenden Schwingungserhöhungen statt und der Sommer war ja alles andere als normal..."

„Klar, das hat geschüttet wie aus Eimern und zwischendurch war es wieder schwülwarm oder saukalt..."

Franz nickte. Das hatte Irmchen vortrefflich ausgedrückt!

„Ja, und weiter ging es dann in diesem turbulenten Herbst... Die Wahl war ja auch von vielen Dingen begleitet und wie die Leute sich um die „Piekserchen" drängelten..."

Irmchen redete jetzt einfach dazwischen. „Gut, dass die Menschen aufgeklärt wurden über die Dinge, die die anderen geplant hatten." Franz nickte. „Bis auf die, welche nicht bibelkundig waren und sich das einverleiben ließen, was schon der Seher und Prophet Johannes in seiner Apokalypse angekündigt hatte."

„Genau," fiel ihm Irmchen ins Wort. „Und weißt du noch, wie ich durch einen Zufall das mit dem Magneten herausbekommen hatte?"

„Klar, weiß ich das noch, als ob es gestern war." Franz schmunzelte und sogleich dachte er an ihren Rüden Lassie. Franz hatte erfahren, dass man eine Magnetfeldtherapie selber machen konnte, indem man sich eine starke Magnetkugel kaufte und diese in eine Plastikverpackung packte. In der Hosentasche getragen, bewegte sich diese Kugel immer hin und her und bewirkte so eine Magnetfeldtherapie. Diese Eingebung hatte er von Angelo erfahren. Eines Tages stand Lassie neben ihm und begann zu jaulen. Franz beugte sich zu ihm hinunter und das Jaulen hörte auf. Als er wieder neben ihm stand, wurde der Hund wieder unruhig. Das ließ ihm keine Ruhe. Er begann zu experimentieren und lehrte seine Tasche. Es kam ein Papiertaschentuch und seine selbstgebautes Magnetfeldgerät zum Vorschein.

Sollte das… Franz nahm es in die Hand und hielt es Lassie vors Gesicht. Keine Reaktion! Jetzt wanderte er damit am Körper des Hundes lang und an einer Stelle begann er zu jaulen. Franz holte Irmchen und führte es ihr vor. Dann bewegte er den Magneten hin und her. Es war kein gewöhnlicher Magnet, sondern einer der stärksten, die existieren. Plötzlich schrie der Hund auf und dann schleckte er seinem Herrchen die Hände ab. Franz verstand die Welt nicht mehr…

Am Abend in der Meditation verband er sich mit seinen geistigen Helfern und bekam die Erklärung dazu: „Der Magnet hat die Information gelöscht, die auf dem Chip war, den euer Hund injiziert bekommen hatte."

Jetzt war es ihm schlagartig klar gewesen! Natürlich! Ihr Hund war so feinfühlig gewesen, dass er alles spürte, was da abging... Aber warum war das Löschen des Chips so schmerzhaft gewesen? Darauf bekam er leider keine Antwort seiner geistigen Helfer... Die nächste Linkskurve riss Franz aus seinen Gedanken.

„Woran dachtest du gerade, Liebster?" fragte ihn Irmchen und strich ihm sanft über das rechte Ohr.

„Ach, an Lassie und was der Magnet bewirkt hat..."

„Ja, das war interessant. Aber am schönsten fand ich die Tatsache, dass er beim Stuhlgang dann plötzlich mit draußen war, nachdem du inständig beim lieben Gott darum gebetet hattest."

„Ja, das war wahrlich ein Wunder..." Franz nickte und konzentrierte sich wieder aufs Fahren.

„Darf ich nochmal auf meine Frage von vorhin zurückkommen?" Irmchen ließ nicht locker.

Franz nickte. „Ja, die Sonnenfluktuationen begannen damals 2011 bis 2013 stärker zu werden, aber jetzt sind sie wohl so krass wie schon lange nicht mehr..."

Irmchen nickte. „In der Tat. Früher hast nur du die elektrischen Geräte geschrottet, wenn du wütend wurdest und sie angefasst hast. Heute passiert es auch durch diese Turbulenzen."

„Jepp! Und es wird von Tag zu Tag doller. Wir sollten schnell unser Ziel erreichen."

„Wolltest du deshalb nicht fliegen?"

„Ja, auch, aber für Lassie wär das nix und Flugzeuge sind längst nicht mehr sicher. Du weißt doch, wie viele in letzter Zeit abgeschmiert sind oder notlanden mussten."

Irmchen nickte. „Ja, die Flugleidenschaft ist ja weltweit auch drastisch zurückgegangen." Franz verzog das Gesicht und dann grinste er. „Ah, ein Parkplatz. Mir ist plötzlich schlagartig saumäßig schlecht geworden. Ich muss mal dringend aufs Örtchen."

Dann verließ er in rasender Eile das Auto. Wenn Irmchen und Franz zu dem Zeitpunkt gewusst hätten, dass ihre Freundin Tia an fast gleicher Stelle Bauchschmerzen bekommen hatte, wäre ihnen das bestimmt seltsam vorgekommen…

Nach etwa 15 langen Minuten kehrte ein kreideweißer Franz zurück. „Irgendwas ist passiert," sagte er mit einem sorgenvollen Unterton. „So etwas ist mir noch nie passiert…"

„Was war denn, Schatzi?" „Ein Durchfall, der nicht enden wollte und zum Schluss kam Blut…"

## 9. Erste Anzeichen:

„Bitte fahr da vorne auf den Parkplatz. Mich zerreißt es schier vor Schmerzen," rief Tia mit lauter Stimme.

Angelo nickte und schaffte es, den Parkplatz noch zu erreichen. Glücklicherweise war er gerade nicht beim Überholen gewesen. Auch der „Silberpfeil" von Babs folgte ihnen zum Parkplatz. Tia sprang für ihr hohes Alter von über 70 Jahren sehr behände aus dem Bus und lief hinter einen Busch. Nach gut 10 Minuten kehrte sie schweißüberströmt zurück.

„Was was das denn?" seufzte sie. Ihr Mann Seppi schaute sie mit großen Augen an. „Was ist denn passiert, Schatzerl?" fragte er liebevoll.

„Ich dachte, es zerreißt mich schier. Ich wusste nicht mehr ein noch aus und dann kam die Blutung…" Angelo wurde jetzt hellhörig. „Du hast nach dem Durchfall eine Blutung bekommen?"

Tia nickte. „Das sieht nach dem „Szenario" aus." „Was ist das „Szenario"?" fragte Seppi mit angstunterlaufenen Augen.

„Liest denn keiner von euch im Forum die V-Theorien?" Seppi schaute ihn ernst an. „Meinst du das, was der Ian immer so von sich lässt?"

„Genau so etwas," antwortete Angelo. Alle Anwesenden schüttelten den Kopf. Babs meldete sich. Sie war für ihre Verhältnisse sehr lange ruhig geblieben. „Angelo, was ist das wieder für'n Mistzeugs," schimpfte sie. „Nun, laut V-Theoretikern ist das Szenario, dass bestimmte spirituelle Menschen wie aus heiterem Himmel krank werden, was durch Irgendetwas ausgelöst wird, dass wir aber noch nicht wissen…"

„Mei, des klingt aber wirklich wie ne V-Theorie," sagte Seppi und stöhnte leicht. Phil begann zu strahlen und bekam große Augen!

„Ich habe gerade eine Botschaft für Tia bekommen. Du solltest sofort den schwarzen Turmalin von meinem Dad dir auf den Bauch legen und Ur-Erzengel Michael bitten, dir zu helfen. Das stoppt den Blutfluss sofort."

Angelo griff ins offene Handschuhfach und reichte Tia den riesigen schwarzen Turmalin heraus.

„Das ist Harald 2", sagte er.

Tia legte ihn auf ihren Bauch und Charlie fing spontan an zu beten: „Geliebter VATER, sende uns doch bitte, den Ur-Erzengel Michael, auf das er das Böse aus Tia eliminieren darf. Danke, geliebter Vater, Amen, Amen, Amen!"

Angelo ergänzte noch: „Dein Wille geschieht jetzt, Vater! Denn Jesus Christus ist Sieger, Jesus Christus ist Sieger, Jesus Christus ist Sieger! Amen! Amen! Amen!"

Schlagartig änderte sich die Atmosphäre! Eine Stille trat ein und dann ein lautes Windsausen.

„Ur-Erzengel Michael hat das Ungute gerade weggeholt," sagte Phil mit groß aufgerissenen Augen.

„Ich hab alles gesehen! Viele Engel seines Heeres waren hinter ihm und er hat mich angelächelt und mir gesagt: Alles ist gut!"

Die Augen richteten sich jetzt auch den fast 17-jährigen jungen Mann. „Ich bin stolz auf dich, Junior," sagte Angelo und streichelte seinem Sohn über den Lockenkopf.

„Hast du auch was gesehen, Papa?" fragte Phil.

„Gespürt ja, aber nicht gesehen. Es ging so schnell und ich war irgendwie noch zu ergriffen von der Situation."

Phil nickte. So etwas kannte er auch. „Na, Phil, da trittst du bald in die Fußstapfen deines Vaters," sagte Charlie und lächelte. Phil errötete leicht.

„Das passiert, wenn GOTTVATER es möchte und zulässt," sagte Viktoria und lächelte. Ein dankbarer Blick wurde von Phil zu ihr gesendet. „Geht es jetzt schon wieder?" fragte Babs.

Tia nickte. „Gut, dass ich eine Packung Papiertaschentücher in der Hosentasche hatte, sonst wäre die Hose jetzt rot."

„Oder braun," konnte sich ihr Mann nicht verkneifen. Tias wütender Blick zeigte an, dass sie schon fast wieder auf dem Damm war, wie man so schön sagt...

Alle lachten herzhaft... Nach einem ausgiebigen Dankesgebet ging die Fahrt einige Minuten später weiter...

## 10. Ian bekommt Bescheid:

Ian Smith, ein Engländer, der schon lange auf Teneriffa lebte und durch seine Freundschaft zu gleichgesinnten spirituellen Menschen einem seltsamen Hobby nachging, war sofort Feuer und Flamme! Angelos Botschaft hatte wie eine Bombe eingeschlagen! Tag X, wie das, was jetzt passierte, sollte also bald passieren...

Das Sprachengenie Ian, der fließend, spanisch, englisch, französisch und deutsch sprach, passte sich der Mehrheit immer an. Sprach man in der Gruppe deutsch, machte er es auch so. Er war überall beliebt, da er ein genialer Dolmetscher war. Das seltsame Hobby, nun, das war das Auffinden von Kraftplätzen, überall wo er sich aufhielt. Hier auf Teneriffa hatte er schon 12 Kraftplätze gefunden, doch am meisten faszinierten ihn die Pyramiden von Güimar.

Laut Expertenmeinungen seien sie erst im 19. Jahrhundert entstanden, aber darüber musste er nur herzhaft lachen! Hinter vorgehaltener Hand wusste doch jeder spirituell denkende Mensch, dass die kanarischen Inseln ein Überbleibsel von Atlantis waren! Während er noch darüber nachdachte, las er noch einmal die Mail von Rita, Pedros Frau.

„Komm zu uns, wenn du Zeit hast. Angelo hat News und ist auf dem Weg nach Teneriffa. Rita." Es gab immer mal wieder Aussetzer beim Senden von Mails. Auch beim Telefonieren mit Handys wurden die Störungen immer heftiger. Ian ging hinters Haus zu seinem Brunnen und ließ den Kübel an der Kette herunter. Frisches Brunnenwasser kurbelte er hervor und genoss das kühle Nass. Ah! Das tat gut!

Den Rest des Kübels leerte er in eine Schüssel und goss sie sich über den Kopf. Es floss ihm den ganzen Oberkörper hinunter und erfrischte ihn. Heute war es hier in der Nähe von Playa de los Americanos gut 30 Grad im Schatten, da tat eine Abkühlung gut! Ian war jetzt nach der Erfrischung klar, was er machte: Rita und Pedro aufsuchen...


## 11. Franz in Höchstform!


Irmchen hatte sich erschöpft gesetzt! Franz schaute noch oben und sah merkwürdige Fluktuationen! Plötzlich hatte er eine Stimme im Kopf: „Bleib in der Ruhe und vertraue! Sag das auch deiner Frau! Bete jetzt weiter und bitte Ur-Erzengel Michael um Hilfe, dann wird alles gut!"

Franz nickte und vertiefte sich ins Gebet. Irmchen schaute plötzlich hoch und stammelte: „Es ist weg! Das Blut läuft nicht mehr und auch der Schmerz ist weg…"

Dann faltete sie auch die Hände und bedankte sich bei Gottvater. Einige Minuten später nickten sie sich gegenseitig zu und Irmchen schaute nach allen Seiten ob jemand kam.

Da alles frei war verschwand sie hinter den Busch, um sich umzuziehen. Kurz darauf fuhren die drei weiter. Franz fuhr jetzt nonstop weiter und erst in Bozen hielt er wieder an.

Was für eine herrliche Landschaft! „Schatzi, am Gardasee stoppen wir, ok?

Dann fahren wir morgen weiter." Franz war einverstanden. Das Fahren hatte ihn angestrengt und er willigte ein. Als sie dann den Gardasee sahen, gefiel ihnen der Anblick sehr. Intuitiv fuhr Franz von der Brenner Autobahn herunter.

„Sollen wir nach Bardolino fahren, Irmchen?" fragte er. Dort haben wir doch schon mal Urlaub gemacht und das kleine nette Hotel, weißt du noch?"

Irmchen nickte und geriet ins Schwärmen. „Ach diese wunderbaren Nächte am See…"

„Ja und viele Mücken…" warf Franz ein und lächelte süffisant.

„Spielverderber!" Irmchen schaute jetzt etwas ärgerlich.

„Schatzi, das war keine Absicht, dich zu verärgern. Schaun wir mal, vielleicht sind keine Mücken da…" Als Franz das kleine

Hotel in Bardolino wiedersah, fühlte er sich im Inneren berührt. Sie stiegen aus und betraten zu dritt das Hotel und hofften, dass noch etwas frei war für eine Nacht…

## 12. Wiedersehen am Gardasee:

Babs schlug vor, am Gardasee zu übernachten. Sie hatte so eine Idee, die sie aber noch für sich behielt. Alle waren einverstanden. Da diese Diskussion etwa 20 km oberhalb des Gardasees auf einem Rastplatz passierte, einigte man sich, einen Platz für die Nacht in einem Hotel zu suchen.

In Garda war nichts frei und so versuchten sie ihr Glück in Bardolino. Angelo bekam plötzlich ein lautes Piepen im rechten Ohr. Das war ein Signal, das wusste er. Während der Fahrt schaute er Richtung Himmel und sah nichts Neues.

Angelo fuhr zu diesem Hotel hin und parkte seinen VW Bus. Babs folgte seinem Beispiel.

„Wir sollen über Nacht hier am See bleiben. Die Schwingung sei gut." sagte Angelo plötzlich.

Phil nickte und lächelte. „Die gleiche Botschaft habe ich auch bekommen," sagte er.

Angelo nickte und lächelte seinem Sohn zu. Babs schaute auf Angelo und Charlie. „Fantastisch, wie ihr das so könnt…"

Bevor jemand antworten konnte, kam ihnen plötzlich eine vertraute Stimme entgegen: „Ja, das gibt's doch gar nicht! Danke, lieber Vater, dass du alles so geführt hast!"

Franz war aus der Hoteltüre getreten und stürmte mit ausgebreiteten Armen auf Angelo zu.

„Franz! Welche Freude!" Angelo nahm ihn liebevoll in den Arm! Nach der herzlichen Umarmung wurden Viktoria und Phil umarmt. Dann stellte Angelo alle Mitreisenden vor und als die Reihe an Charlie und Margery kam, sagte Franz:

„Euch kenn ich doch! Wir haben uns auch in diesem Leben schon gesehen!" Charlie lächelte. „In der Tat, mein Sohn!"

Da Charlie gut 25 Jahre älter als Franz war, kam diese Betitelung auch in etwa hin. Franz nahm das ältere Ehepaar jetzt auch in den Arm und schon wollte Babs fragen, wie es weiter geht, da stand Irmchen mit Lassie in der Tür. Phil stürmte gleich auf Lassie zu und knuddelte und kraulte ihn mit Wonne, da er Hunde so sehr liebte! Auch jetzt gab es ein herzliches Willkommen heißen! Danach berichtete Angelo, was von oben gesagt wurde. Franz musste immer wieder nicken und kam kaum zu Wort, da Angelo so plastisch erzählte. Als das Gespräch dann auf das Blut im Stuhl zu sprechen kam und die wunderbare Heilung durch die geistige Welt, waren sich alle einig, sich gut zu schützen und Vorsicht walten zu lassen!

Man entschloss, gemeinsam einen Imbiss zu sich zu nehmen und dann zu beratschlagen, wie es jetzt weiter gehen sollte.

## 13. Das Erlebnis am See:

Gegen 21 Uhr waren alle an den See gegangen und fanden auch ein lauschiges Plätzchen, wo sie alleine waren.

Die Sonnenaktivität war heute wieder sehr stark gewesen und die Auswirkungen zeigten sich in der Natur!

Die Pflanzen litten große Qualen! Die Gruppe versammelte sich zu einem Gebet. Angelo begann anzustimmen:

„Geliebter Vater! Wir danken Dir, dass Du uns auf so wunderbare Weise zusammen geführt hast und wir vertrauen weiterhin nur voll und ganz Deiner Führung! Danke, geliebter Vater, denn Jesus Christus ist Sieger, Jesus Christus ist Sieger, Jesus Christus ist Sieger! Vater Dein Wille geschieht JETZT! Amen! Amen! Amen!"

Alle in der Gruppe wurden während des Gebetes mit einer warmen, liebevollen und starken Energie durchflutet.

Angelo bekam plötzlich eine Botschaft, die er laut wiedergab: „Wisset, liebe Kinder, wir Schutzengel sind euch näher, als ihr es euch vielleicht vorstellen könnt. Diese Reise von euch wird drei Gründe haben: Zum einen ist es eine Reise zu eurem Selbst, ihr werdet mehr Kontakt zu eurer Seele bekommen. Grund Nr.2 hat mit der Heilung und Reinigung der liebevollen Erde zu tun und der dritte und letzte Grund ist das Verhindern eines dritten großen Krieges auf Erden."

Angelo hatte die Augen wieder geöffnet.

„Frag mal, ob die Sonnenaktivitäten, die immer heftiger werden, auch dazu gehören," meinte Franz.

„Wie im Kleinen so im Großen," sagte Angelo auf die Frage.

„Mir fällt gerade ein, dass es ja ein Phänomen hier geben soll," meine Phil, der jüngste Teilnehmer der Gruppe.

„Was denn?" fragte Babs. „Da gibt es eine Legende hier. Es soll eine mehr als 10 Meter hohe Jesusstatue im See liegen, stimmt das?"

Angelo sagte: „Ich frag mal nach. Moment." Dann ging er in die Meditation. „Ja, das stimmt! Bitte verbindet euch im Gebet mit ihr und sendet ihr Energie, damit sich dieser Frevel in positive Energie umwandelt."

„Und wie sollen wir uns mit ihr verbinden?" fragte Babs. „Geistig - und dann Energie hinein geben…" meinte Angelo.

Babs war begeistert! Angelo besann sich wieder auf die Jesusstatue im See. „Wir sollten jetzt das Gebet machen und um Löschung der alten Energien bitten, die dazu beitrugen, dass die Statue im See versenkt wurde." Alle nickten. Danach erfolgte das Gebet.

### 14. Ungewöhnliches Treffen auf der Finca:

Ian war relativ schnell über Arona nach Vilaflor gefahren. Von hier war es nicht mehr weit bis zur Finca von Pedro und Rita.

Als er dort eintraf, war Rita gerade dabei, aus dem Auto einige Tragetaschen voller Lebensmittel ins Haus zu bringen.

Er sprang aus dem Auto und wollte gerade helfen, da sah er, dass der Kofferraum schon leer war. Pedro kam auch gerade aus dem Haus. „Mi amigo, mein Freund, Ian!"

Er begrüßte den Briten herzlich. Auch Rita fiel ihm um den Hals zur Begrüßung. „Wann kommen denn Angelo und Freunde hier in etwa an?" fragte er.

Rita zuckte die Achseln. „Wir haben eine SMS an ihn geschickt und Phil, Angelos Sohn hat geantwortet, dass sie am Gardasee sind."

„Dann werden sie morgen rüber nach Spanien schaffen, denke ich. Dann noch 1-2 Tage an der Küste runterfahren."

„Ja, die Fähre geht in 3 Tagen. Die müssten sie eigentlich schaffen." Rita rieb sich die Hände. „Gut, dann noch gut 2 Tage übers Wasser schippern, dann sind sie in knapp 6 Tagen etwa da." Ian schaute belustigend drein.

„Und deshalb musste ich mich so beeilen?" fragte er. Pedro seufzte. Rita sagte dann: „Rainbow, der Alt-Hippie kommt

40

auch bald. Ich bin froh, wenn du dann auch hier bist, wenn alles stimmt, was ich über ihn gehört habe."

„Von dem hab ich schon gehört," meinte Ian. „Der ist in der Szene bekannt wie ein bunter Hund…" Rita lächelte und nachdem Pedro erfuhr, was mit der Redewendung gemeint war, lachte er auch.

„Anyway…" Ian lächelte immer noch. „Wir brauchen Vorräte und Wasser, mehr weiß ich auch noch nicht,"

Rita stemmte die Hände in die Hüfte, als sie das gesagt hatte. „Be careful," sagte Ian. „Eine Frau aus Deutschland ist Rita. Die ist zu allem fähig!" Pedro sprang auf und nahm seine Rita liebevoll in den Arm und gab ihr einen Kuss auf den Mund. Rita grinste und ließ es sich gefallen! Zwei Stunden später hatten sie 200 Liter Wasser in 10 Liter Kanister abgefüllt.

Erschöpft meinte Rita: „Ob das wohl reicht?"

„Si, Si!" Mehr als diese Bejahung kam nicht von Pedro als Antwort. Ian, der auch aurasichtig war, glaubte plötzlich seinen Augen nicht zu trauen…

In etwa 10 Meter Entfernung hatte sich eine Gestalt manifestiert! Rita und Pedro schauten ebenfalls in die Richtung, weil Ian den Mund nicht mehr zu bekam und seine Pupillen geweitet waren.

„Was ist, Ian?" fragte Rita. „Da ist aus dem Nichts jemand erschienen," stammelte er.

„Wo denn?" Ich nicht sehen," antwortete Pedro.

„Na dort, there he is," Ian war ganz aufgeregt!

Der Mann kam jetzt auf die Gruppe zu und mit jedem Schritt verfestigte sich seine Schwingung, so dass alle drei ihn sehen konnten, als er direkt vor ihnen stand.

„Seid gegrüßet, liebe Kinder," begrüßte sie der Mann. Es war eine imposante Erscheinung, die da so plötzlich vor Pedro, Ian und Rita stand.

Über 2 Meter groß mit langem, über die Schultern fallendem blonden Haar und blauen Augen. Er war ganz in weiß gekleidet. Seine Flügel waren erahnend am Rücken zu sehen.

Dieses Weiß strahlte eine warme, von Herzen kommende Liebe aus, so wie alles andere an ihm auch.

„Ich bin ein Beschützer-Engel von Teneriffa," sagte er und verneigte sich mit überkreuzten Armen von ihnen.

Bevor einer der Drei antworten konnte, fuhr er fort zu berichten: „Ich bringe euch Botschaften eurer Freunde. Sie sind an dem Ort in Italien, den ihr Gardasee nennt. Morgen früh fahren sie weiter. Da die Wetterfluktationen immer schlimmer werden, passen wir gut auf sie auf. Sollte es auf See Probleme geben, evakuieren wir sie und kürzen ihre Fahrt hierher ab."

Rita fand als erste ihre Sprache wieder. „Ich grüße dich, Beschützer-Engel. Bist du so eine Art Ober-Engel?"

Der Engel legte ein leichtes Lächeln auf seine Mundwinkel.

„In der Tat koordiniere ich alles, was Teneriffa betrifft."

„Oh, das ist ja klasse" meinte Ian.

Dann schaute er ernst und sagte: „Bereitet alles vor. In sechs Tagen werden eure Freunde planmäßig hier sein. Bei Problemen kann es auch eher sein. Bereitet alles vor. Die gefährliche Zeit kommt schneller als ihr denkt. Ich muss jetzt wieder gehen. Ich melde mich wieder bei euch. Möge der Frieden in euren Herzen tief verankert bleiben. Ich verabschiede mich im Namen unseres geliebten VATERS, der alles nach seinem Plane lenkt, führt und leitet. Amen!"

Dann löste er sich wie in Nichts auf! Ian schüttelte den Kopf.

„Kneif mich mal, please!" Rita kniff ihn heftig in den Arm.

„Aua!" Ian rieb sich den Arm. „Oh, it´s real! It´s amazing…"

Als Pedro ihn anschaute, begann er wieder in deutsch zu sprechen. „Wahrhaftig! Es ist wahr und so erstaunlich und gleichzeitig wunderbar!" Pedro nickte beiden zu.

„Ok," meinte Rita. „Lasst aus mit den Vorbereitungen anfangen…"

## 16.  Die erste Überfahrt:

Am nächsten Morgen ging es weiter. Sie fuhren jetzt mit drei
Autos in der Kolonne. Angelo sollte weiterhin vorne fahren
und dahinter hatte Franz sich eingereiht und das Schlusslicht
machte Babs. Man hatte sich entschieden, über Brescia bis
nach Genua zu fahren, um dann von dort eine Abkürzung zu
nehmen. Die Autofähre bis Barcelona. So sparten sie viel Zeit.

Als sie in Genua ankamen, hatten sie nur eine Stunde
Wartezeit, bis die Fähre ablief. Die Kosten der Überfahrt
hielten sich in Grenzen und schon bald tuckerten sie auf dem
Mittelmeer. Auch heute waren die Wetterturbulenzen
deutlich spürbar. Aber noch funktionierte die Elektrik gut.

Die Fahrt sollte gut 8 Stunden dauern...

Seppi beruhigte sich erst einmal, da sein Magen sehr
empfindlich war und Angelo hatte seinen Orgonstrahler
dabei. Den gab er Seppi in die Hand und sagte: „Na, kennst du
den?"

Seppi schaute zu ihm hoch, da Angelo vor ihm stand und war
sprachlos! Als er sich wieder gefangen hatte kamen Worte
des Dankes aus ihm heraus. „Danke, mein Freund! Den kann
ich jetzt gut gebrauchen!"

Dann stellte er den Orgonstrahler so vor sich hin, dass er mit
ihm bestrahlt wurde und im Stillen bat er um viel Energie, um
diese achtstündige Überfahrt gut zu verkraften.

Angelo sah mit einem süffisanten Schmunzeln, wie die positiven Energien aus dem Orgonstrahler herausflossen und in Seppis Körper gingen und dieser sich von Minute zu Minute mehr beruhigte. Tia, seine Frau, kam aufs Deck und schaute nach ihrem Mann. Als sie ihn so zufrieden mit geschlossenen Augen dort sitzen sah und den Orgonstrahler auf sich gerichtet, ging sie auf Angelo zu und gab ihm ein Bussi auf die Wange. „Du bist ein Schatz!" hauchte sie ihm ins Ohr.

Seppi bekam davon nichts mit, da er gerade in höheren Sphären schwebte...

Die Nacht verlief ruhig und am nächsten Morgen gegen sechs Uhr in der Früh lief die Fähre in Barcelona ein. Das Verlassen des Schiffes verlief unkompliziert und man entschied sich, erst einmal in Barcelona zu frühstücken, um dann weiter zu fahren. Angelo war der Einzige der Gruppe, der schon in Barcelona war und sich ganz passabel in Spanien auskannte. Mit seinen Spanisch Kenntnissen war es nicht mehr weit her, aber sie wollten notfalls mit „Händen und Füßen" sprechen...

## 16. Rainbow trifft ein:

Er war irgendwie geschlaucht, als er endlich die Fähre erreicht hatte. Gut, das heute noch eine nach Teneriffa rüber ging. Es war die letzte Fahrt für heute. Das Geld dafür hatte er gerade noch so in Bar dabeigehabt. Von San Sebastian de la Gomera ging die große Fähre direkt nach Teneriffa. Rainbow, der natürlich wieder kunterbunt angezogen war, wie man das von den Harlekinen im Mittelalter oder den Ritterspielen gewohnt ist, fiel vielen Menschen auf. Als ein Ehepaar einige lautstarke negative Bemerkungen in englischer Sprache über ihn machte, verdrehte er die Augen und zeigte ihnen eine lange Nase. Zu allem Übel drückten jetzt auch noch seine Gedärme. Naja, was solls, dachte er sich und ließ kräftig „die Winde wehen." Dann gab er aber schleunigst Fersengeld, damit man nicht merkte, dass er der Übeltäter war...

Ja ja, so war er halt, unser Rainbow...

Als die Fähre nach einer Stunde auf Teneriffa ankam, verließ er sie schnell. Er überlegte, wie er jetzt von Los Cristianos zu Pedros Finca kommen sollte. Vielleicht per Anhalter?

Gedacht getan... Er stellte sich an die Straße und holte aus seinem Rucksack einen Din A 4 Zettel und einen dicken schwarzen Filzstift hervor und schrieb „VILAFLOR" darauf. Dann stellte er sich passend hin, reckte den Daumen in den Wind und zeigte sein schönstes Lächeln!

Rainbow hatte Glück! Ein freakiger Hippie, der ihm auf Anhieb sympathisch war, stoppte seinen alten VW Käfer und machte ihm Anstalten, einzusteigen. „Gracias!" Rainbow bedankte sich beim Fahrer fürs mitnehmen. „De Nada!"

Rainbow überlegte, wie er sich verständlich machen konnte. „Alter, ich bin Deutscher, verstehst du mich?" Der Hippie schaute ihn ratlos an. „Du englisch oder francais oder espanol?"

„Right, Man! I´m Scottish!" Kam die Antwort wie aus der Pistole geschossen. „Cool, man! I speak a little bit english! I love Scotland! The Highlands are so great!"

Rainbow mühte sich in englischer Sprache redlich ab. Doch der Hippie sprach in seinem breitem schottischen Akzent und Rainbow hatte seine liebe Not und Mühe ihn zu verstehen. Der Hippie schaltete den Kassettenrecorder an und aus den Boxen dröhnte „Born to be wild" von Steppenwolf.

Rainbow nickte mit dem Kopf und signalisierte, dass er das Lied mochte und die beiden grölten den Refrain mit.

Es stellte sich heraus, dass Stan, so hieß der Fahrer des alten Käfers, die Songs der Flower Power Bewegung liebte und so kamen in Rainbow Erinnerungen an seine Kindheit hoch.

Die 25 km bis Vilaflor vergingen wie im Nu und als er ausstieg, verabschiedete er sich mit einem Händedruck und sagte: „Adios Muchacho". Stan grüßte noch und fuhr dann weiter.

Da Rainbow keine Ahnung hatte, wo die Finca war, zückte er sein Handy und gab die Nummer von Pedro ein. Es dauerte nicht lange und Rita war an der anderen Leitung.

„Rainbow hier," legte er sofort los. Rita war erfreut, seine Stimme zu hören. „Ah ja, wo bist du denn?" begrüßte sie ihn liebevoll im Slang. „Ich stehe hier am Ortsausgangsschild von Vilaflor. Wie weit ist es denn noch zu euch?"

„Oh, dass sind noch etwa 7 km. Sollen wir dich abholen?" Rainbow atmete erleichtert tief durch. „Das wär super. Ich rühr mich nicht vom Fleck!"

„Alles paletti, Alter. Ich düs gleich los." Danach hatte Rita aufgelegt. Rainbow machte es sich am Boden bequem und holte ein Bonbon aus der Jackentasche. Er wickelte es aus und steckte in den Mund. Wunderbar! Schön erfrischend!

Da es noch angenehm warm war, verging die Wartezeit im Nu. 20 Minuten später hielt ein Geländewagen neben ihm. Er sprang auf und trat der gerade aussteigenden Rita freudig entgegen. Er drückte sie herzlich und gab ihr ein Begrüßungsbussi auf die Wange. Die beiden waren nahezu gleich groß und so musste sich keiner verrenken bei der Begrüßung. Während Rainbow ins Auto stieg, bemerkte er einen Traumfänger, der vom Innenspiegel baumelte.

„Aber nicht während der Fahrt einschlafen," flachste er herum. „I wo…"

Rita schmunzelte. „Magste ne geile Mukke hör´n?" Rainbow nickte. „Okidoki. Dann schnall dich an."

Rainbow tat wie geheißen. Die CD begann zu laufen.

„Hey, Mr.Tambourine man…" drang es aus den Lautsprecherboxen. „Bist du auch Flower Power Fan?" fragte er. „Logo, Alter. Das hat doch noch echtes Freigeist Feeling…"

Als dann „California dreaming" von den „Mamas & Papas" kam, sang Rainbow lautstark mit…

Die Fahrt verlief ohne Zwischenfälle und als sie die Finca erreichten, war es immer noch hell trotz der vorgerückten Tageszeit. Es gab mit den beiden Männern eine genauso herzige Begrüßung und Rainbow bekam gleich Stilaugen, als er das Didgeridoo in der hinteren Ecke des Wohnzimmers stehen sah.

„Darf ich mal spielen? Ich hab schon so lange kein Didge mehr in der Hand gehabt…"

„Klaro, Alter…" Rita erlaubte es ihm einfach ohne Pedro zu fragen. Rainbow nahm das Didgeridoo ganz ehrfürchtig in die Hände. Dann putzte er über das Mundstück und begann ihm wohlklingende Töne zu entlocken. Es stellte sich heraus, dass Rainbow die Zirkular-Atmung beherrschte und so wundervoll spielen konnte. Ian, der halb verträumt nach draußen sah, bemerkte, dass durch das Didgeridoo Spiel viele Naturwesen angelockt wurden und sich dem Haus näherten.

Als Rainbow nach einigen Minuten stoppte, meinte Ian nur knapp: „Die Zwergentruppe steht neugierig draußen und schaut, was du machst…"

„Cool," meinte Rainbow. „Lass sie doch reinkommen, dann können wir ne Party feiern…"

Rita öffnete die Terrassentür und machte ein herein winkendes Handzeichen, um ihnen zu signalisieren, dass sie als Gäste willkommen sind. Ian sah, wie sich die kleine Gesellschaft in Bewegung setzte.

„Spiel nochmal was ganz Sanftes, Rainbow," meinte Rita.

Er nickte und blies wieder ins Didgeridoo, um ihm schöne Töne zu entlocken. Insgesamt 12 niedliche Wesen betraten das Wohnzimmer. Vier Zwerge, die etwa eine Größe von 80 cm hatten, 3 kleine süße Elfen, die permanent mit den Flügeln schlugen, 2 etwa 15 cm große Wichtel und drei Gnome, die etwa 45 cm groß waren.

Rainbow hörte auf zu spielen, als er merkte, dass sich etwas tut. Ian verbeugte sich vor ihnen und sprach sie in deutscher Sprache an: „Wir grüßen euch. Versteht ihr deutsch?"

Der vierte Zwerg, der etwas jünger als die anderen aussah, trat vor, verbeugte sich und zog dabei artig seine erdfarbene Mütze vom Kopf. „Ja, ich verstehe deutsch. Ich habe lange in Deutschland bei einer spirituellen Familie gelebt."

Ian war aus dem Häuschen! Er sagte sofort den Anderen, was er erfahren hatte. „Wie können die anderen uns denn verstehen?" fragte er den Zwerg.

„Ach das ist recht einfach. Entweder ich übersetze es oder die Engel, die hier im Raum sind, machen es."

„Engel sind da?" sagte Ian laut. „Wo sind Engel?" fragte Rita sofort. „Na hier im Haus," sagte der Zwerg.

Dann begann eine lange Konversation und die 4 Menschen bekamen von den Naturwesen einiges erklärt, was sie noch nicht wussten. Als die kleine Gesellschaft sich abreisefertig machte, indem sie Richtung Tür gingen, bemerkte Ian noch an: „Kommt ihr bald wieder?"

„Ja," sagte der Zwerg, der Balduin hieß. „Sobald eure Freunde
da sind. Das wird bestimmt interessant!" Dann
verabschiedete sich Balduin mit einem „Gehabt euch wohl"
und die kleine Truppe ging wieder hinaus.

Ian schmunzelte. „Mal uns mal die süßen Wesen auf," meinte
Rainbow. „Ach, ich kann nicht so gut malen. Ich werde sie
euch schildern." Und dann schilderte er so plastisch die
Naturwesen, dass die drei Freunde hinterher meinten, sie
leibhaftig gesehen zu haben. Es wurde jetzt langsam dunkel
und Rita ging ins Nebenzimmer, um ihre Gitarre zu holen.

Sie stimmte sie ein wenig und dann fing sie an zu singen: „
When I find myself in times of trouble, mother Mary comes to
me..."

Da das Lied "Let it be" alle kannten, wurde kräftig
mitgesungen und es stellte sich heraus, dass viele Lieder, die
Rita spielte, alle kannten. Der Abend wurde mit frischem
Quellwasser und wunderbaren Früchten sehr lang...

### 17.  Unterwegs in Spanien:

So reizvoll auch Barcelona mit all seinen tropischen Palmen
war, es drängte die Freunde doch weiter zu fahren. Und so
setzten sie ihre Fahrt an der Küste entlang fort. Sie
beschlossen die Autobahnen zu meiden, da sie so mehr vom
Land und den Leuten sahen und Andererseits viel Geld

sparten, da auf diese Weise die Mautgebühr entfiel. Nach gut 100 km hatten sie Tarrgona erreicht. Die Aussicht von dort auf das Meer war grandios, doch Angelo bat sie, bald weiter zu fahren. Die „Geschäfte" wurden erledigt und die Fahrt ging weiter. Da sie auf der Landstraße sehr oft die Autobahn kreuzten, war der eigentliche Umweg gar nicht so groß. Bei Torreblanca war dann der nächste Stop. Lassie musste dringend sein „Geschäft" erledigen und da gerade eine günstige Tankstelle in der Nähe war, wurde das Praktische mit dem Nützlichen verbunden. Sie hatten aber erst gut 250 km von Barcelona aus zurückgelegt und wollten eigentlich mindestens 500 km am Tag schaffen. Mit fröhlichen Gedanken wurde dann die Fahrt fortgesetzt. Sie hielten sich strikt an die Geschwindigkeitsbegrenzungen, da sie wussten, dass es unter Umständen recht teuer werden könnte, sollten sie geblitzt werden. Valencia war dann gut 90 Minuten später erreicht. Diese Stadt war voll von Sehenswürdigkeiten, aber die waren im Moment nur Nebensache. Sie schauten sich ihre Straßenkarten gut an, da sie bewusst wegen der Strahlung auf das Navi verzichteten.

Babs fuhr jetzt voraus, da sie als Einzige ein Navi hatte, in dem ganz Europa eingespeichert war. Sie spürte die Strahlung nicht. Franz hatte auch ein Navi, aber eine Karte nur für Deutschland. Sie entschieden sich, direkt am Meer auf der CV 500 weiter zu fahren. Bei El Perello war wieder so ein traumhafter Blick auf Meer und sie rasteten kurz.

Angelo hatte nach einigen Sekunden wieder telepathischen Kontakt. „Wir haben euch hier bewusst gerufen," kam die Stimme des Engels in sein Ohr.

„Ihr habt instinktiv den richtigen Parkplatz gewählt. Geht bitte dort vorne zu der Landzunge am Meer. Dann werdet ihr schon sehen, was ich meine…"

Angelo zuckte die Schultern und berichtete den Freunden, was er erfahren hatte. Sie schlossen ihre Autos ab und gingen auf die Landzunge zu, die vor ihnen schon sichtbar war.

An dem schönen Sandstrand war eine Art Wall mit einer Einfahrt dahinter, der den Yachten und Segelbooten es möglich machte, dort in den Hafen hinein zu fahren. Sie standen dort und bewunderten zum einen die Boote die reinkamen und zum anderen das wunderschöne Meer, als es geschah: Die Sonne begann plötzlich ganz intensiv aufzuleuchten! Sie genossen diese wunderbare Wärme sehr!

Das ihnen so etwas Schönes widerfahren war machte sie sehr glücklich! Als sie wieder in ihren Autos saßen und weiter Richtung Süden fuhren, war das Sonnenspektakel noch lange vor ihren Augen. Bei Favara waren sie wieder parallel neben der „Autopista de Mediterrani", wie die Autobahn hier hieß.

Nach Xeraco kam ein gemütlich aussehender Parkplatz. Hier fuhren sie drauf. Gut 450 km hatten sie hinter sich, seit sie heute Morgen in Barcelona gestartet waren. Sie beratschlagten, ob sie hier übernachten sollten, entschieden aber dagegen und wollten noch bis etwa Alicante weiterfahren. Angelo nahm Kontakt zu seinem Schutzengel auf und bekam auch gleich eine Antwort auf seine diesbezügliche Frage: „Selbstverständlich könnt ihr bis Alicante weiterfahren. Wir passen schon auf euch auf. Wenn ihr auf der N-332 weiterfahrt, kommt ein Rastplatz an einem Fluss. Dort ist eine gute Energie und es kann wunderbar übernachtet werden."

Das ließen die Freunde nicht zweimal sagen und schon bald war der kleine Autocorso unterwegs Richtung Alicante. Der Parkplatz wurde schnell gefunden und er war idyllisch und freundlich.

Die Freunde waren froh, ihre Füße ausstrecken zu können und sie erfrischten sich im See. „Sind wir eigentlich sicher, hier so nah am Meer?" fragte Tia. Angelo nickte.

„Sonst wären wir über eine andere Strecke gelotst worden, denke ich." Die Nacht verlief ruhig und nur hin und wieder waren darin Wetteraktivitäten zu hören.

Am nächsten Morgen nach einem ausgiebigen Frühstück ging es weiter. In Cartagena wurde der erste Stopp eingelegt. 650 km waren sie jetzt schon seit ihrem Start gestern in Barcelona gefahren. Spanien zog sich in die Länge…

Als sie endlich die bekannte Hafenstadt Almeria erreicht hatten, waren sie bei fast 900 km angelangt…

In der Nähe von Marbella wurde wieder getankt und kurz-gehalten und dann fuhren sie durch bis Cadiz, wo am nächsten Tag ihre Fähre nach Teneriffa abging. Völlig übermüdet schliefen sie sofort ein. Am nächsten Morgen wurden sie vom Krach geweckt. Sie hatten sich einen ungünstigen Platz zum Schlafen gesucht. Da die Fähre erst zwei Tage später um 17 Uhr ablegte, hatten sie noch massenhaft Zeit, alles durch zu sprechen. Phil wurde gebeten zu fragen, ob er es vielleicht schaffte, einen der Schutzengel zu bitten, ob er einmal zu ihnen kommen könnte.

Zuerst geschah nichts und die Freunde dachten, es wäre leider nichts, da klopfte es an die VW Bus Tür am Heck.

Angelo sprang aus dem Bulli heraus und sah dort ein lichtvolles Wesen, halbtransparent, stehen.

Es war zwar ganz in strahlendem Weiß gekleidet, aber trotzdem sah es irgendwie menschlich aus. Je länger es da-stand, desto mehr verfestigte sich seine Gestalt und bald war ein männliches Wesen zu sehen, dessen Flügel am Rücken fast transparent wirkten. Er folgte Angelo in den VW Bus hinein.

Er grüßte kurz mit einem Kopfnicken und sprach Silvie und Viktoria zuerst an.

„Liebe Schwestern, ich danke euch zuerst, dass ihr so wunderbare Mahlzeiten für eure Brüder und Schwestern gekocht habt. Dafür sei mein Dank ausgesprochen!"

Silvie und Viktoria hatten sich in den letzten beiden Tagen bereit erklärt, für alle auf den drei Campingkochern zu kochen und es wurde wohlwollend aufgenommen!

Dann sagte er: „Holt bitte alle Lichtgeschwister her. Sie sollen sich vor die Tür des Busses setzen oder stellen. Ich habe einige Botschaften für euch!"

In einigen Minuten waren die restlichen Freunde versammelt und selbst Lassie wedelte mit dem Schwanz, als er den Engel sah.

Er spürte, dass von ihm nur gute, liebevolle Energien ausgingen! Der Engel schaute alle Anwesenden liebevoll an und sprach: „Wir spüren, dass euer Freund und Bruder Josef, den ihr Seppi nennt, sehr, sehr mulmig zu Mute ist, wenn er die Fähre besteigen soll. Da diese wie ihr wisst, nur einmal wöchentlich mit den kanarischen Inseln verkehrt und der Seegang u.U. recht heftig sein kann, bieten wir hiermit Seppi an, mit uns zu den Kanaren zu reisen."

Seppi saß da und traute seinen Ohren nicht! War ihm der Gang nach Canossa erspart geblieben? Erst wollte er sich freuen, doch dann kam die Nächstenliebe in ihm stark zum Vorschein.

„Danke für die Einladung," sagte er. „Ich weiß das Angebot zu schätzen, aber es wäre doch allen anderen gegenüber unfair, wenn ich in den Genuss käme, von euch feinstofflich oder wie auch immer, transportiert zu werden und alle anderen nicht."

Er holte tief Luft. Charlie hob seine Hand wie in der Schule. „Darf ich etwas dazu sagen?" fragte er. Der Engel schaute ihn an und nickte. „Können wir nicht alle „gebeamt" werden, dass würde doch eine Menge Zeitersparnis sein."

Der Engel sagte zuerst nichts. Er schien nachzudenken. „In der Tat wäre es möglich, aber ich weiß nicht, ob ich das darf. Außerdem ist es nicht so leicht, am helllichten Tag Autos zu „beamen", wie ihr es nennt - ohne Augenzeugen..."

Charlie hob wieder den linken Arm. „Dann warten wir, bis es dunkel ist und machen es dann!" Ein freudiges Durcheinander an Stimmen gab es jetzt!

Der Engel ließ sie gewähren und als es wieder ruhiger war, sagte er: „Ich habe gerade Kontakt mit der geistigen Welt aufgenommen. Ausnahmsweise wird es erlaubt, aber nur unter einer Bedingung: Ihr müsst absolut rein sein. Frisch geduscht, saubere Kleidung und ein inniges Gebet vorher sprechen. Die Autos werden wir getrennt befördern, da wir dort noch einige Anpassungen treffen müssen, damit es funktioniert."

Die Freunde schauten sich an und nickten. „Natürlich, ist doch selbstverständlich," sagte Seppi und sein Gesicht hatte eine rötliche Farbe angenommen vor Freude.

„Wenn das die Kinder wüssten, mei wären die stolz auf uns," sagte seine Frau Tia und errötete auch leicht.

Francesco, der bisher fast immer geschwiegen hatte, meinte nur zu dem Engel: „Damit wird einer meiner größten Träume wahr!" Der Engel nickte ihm zu und ein Lächeln umspielte seine Lippen.

„Gut, dann sei es so. Wir geben euch noch den genauen Standort durch. Gegen Mitternacht werden wir den Transport einleiten. Ich verlasse euch jetzt, um geeignete Vorbereitungen zu treffen. Gott zum Gruße, liebe Brüder und Schwestern!"

Dann verließ er den Bus und war nach wenigen Metern verschwunden. „Was sagt ihr denn dazu?" freute sich Babs riesig! „Ich kann es auch noch nicht richtig fassen," gab Angelo zu.

„Cool, „gebeamt" zu werden, echt klasse," warf Phil ein...


## 18. Der Licht-Transport:


Je näher Mitternacht kam, desto nervöser waren die Freunde. Sie hatten telepathisch einen Ort übermittelt bekommen in etwa 3 Kilometer Entfernung, der ruhig und abseits war.

Es schlug Mitternacht! Tia war so nervös, dass ihr ständig die Brille runterrutschte. Charlie freute sich wie ein kleines Kind und lächelte die ganze Zeit voller Glück! Phil, der jüngste in der Runde, hob plötzlich den Kopf und sagte: „Sie sind da! Wir sollen uns eng zusammenstellen."

Sie gehorchten den Durchgaben des Teenagers. Aus einer scheinbaren Wolke kam ein Lichtstrahl hernieder und erfasste die Gruppe und sie wurden wie an unsichtbaren Fäden gezogen, nach oben transportiert und waren verschwunden!

Das ging einerseits sehr schnell, aber auch andererseits so ruhig und gelassen, dass niemand dabei Angst erspürte.

Auch Lassie, der ebenfalls ordentlich abgeschruppt worden war, blieb ganz ruhig.

Nach gefühlten drei Sekunden materialisierten sie sich wieder. Der Engel, den sie schon kannten, stand vor ihnen.

„Ich möchte euch euch erklären, warum ihr unbedingt auf die Kanaren solltet und was es mit dieser Eile auf sich hat…"

Die Freunde wurden „ganz Ohr" und lauschten den Worten des Engels…

„Die andere Seite versucht einen finalen Krieg vom Zaun zu brechen und dieses sollte mit allen möglichen, friedlichen Mitteln zu verhindern versucht werden. In Deutschland seid ihr nicht mehr sicher, denn in wenigen Tagen versucht die andere Seite einen zuerst europaweiten und dann danach einen weltweiten Krieg gegen alle Christen zu führen, da die ihnen ein Dorn im Auge sind."

„Ihr habt es dem VATER versprochen, jetzt, in der Endzeit für ihn da zu sein. Franz, Irmgard und Lassie auf der Kanareninsel Fuerteventura, die auch Charlie so innig liebt und ihr anderen auf Teneriffa."

Charlie hob den Arm wie in der Schule. Der Engel lächelte und sagte: „Ich finde es sehr weise von dir, dass du nicht einfach dazwischenredest, sondern mit Handzeichen zu verstehen gibst, dass du etwas sagen möchtest."

Charlie lächelte jetzt auch und sprach: „Aber ich liebe Fuerteventura viel mehr als Teneriffa…"

Der Engel schaute ihn liebevoll an und meinte nur: „Das was dort zu erledigen ist, schaffen Franz und Irmgard alleine. Auf Teneriffa brauchen Angelo und Phil aber dringend deine Hilfe…"

„Na, wenn das so ist… gerne!" Charlie nickte. Der Engel schaute in die Runde. „Ich möchte jetzt aber gerne weiter erzählen ohne unterbrochen zu werden. Fragen könnt ihr gerne hinterher stellen."

Ein zustimmendes Nicken war zu sehen. Im Krater des Teide wird der große grüne Kristall von Atlantis versenkt und dann aktiviert. Dazu braucht ihr aber die Hilfe von Franz, der seinen Teil auf Fuerteventura dazu beiträgt. Der höchste Berg von Fuerteventura ist der Pico de Jandia mit insgesamt 807 Metern Höhe. Dort wird Franz an einer bestimmten Stelle durch ein Gebet eine bestimmte Resonanz erzeugen, die wir brauchen, um etwas Bestimmtes zu aktivieren."

Da der Engel jetzt innehielt, hob Charlie wieder seinen Arm zur Frage. „Warum macht ihr es nicht selber, da es scheinbar für euch einfach ist?"

„Eine berechtigte Frage, lieber Charlie," meinte der Engel. „Nur dürfen wir es nicht, da es einen Eingriff in euer Leben wäre. Nur im absoluten Notfall, wenn das Leben aller Menschen und die Zerstörung unserer geliebten Erde auf dem

Spiel stände, dürften wir mit Erlaubnis vom VATER eingreifen…"

„Verstehe…" Charlie nickte. „Ihr leitet uns an und greift dadurch nicht ein, sondern wir Menschen hier auf Erden mit unserem freien Willen machen es dann, richtig?" Seppis Frage war präzise gestellt. Der Engel nickte ihm zu.

„Gut! Alles Weitere erfahrt ihr in Bälde. Franz, Irmgard und Lassie werden gleich nach Fuerteventura gebeamt und ihr Auto kommt auch sofort nach und eure Autos werden auch in wenigen Minuten hier auf Teneriffa ankommen. Wir haben dafür gesorgt, dass es niemand mitbekommt. Ihr habt dann auf dem Navi von Babs die Adresse eingegeben, um schnell den Weg zu euren Freunden zu finden."

Franz, Irmchen und Lassie lösten sich auf und verschwanden, da sie nach Fuerteventura gebeamt wurden.

Einen Augenblick später manifestierten sich Angelos VW und Babs ihr „Silberpfeil" vor ihnen.

Nachdem sie sich von dem Schreck erholt hatten, sagte Babs, nachdem sie in ihrem Navi die neue Position gesehen hatte: „Kommt, wir müssen unsere Freunde aufsuchen. Es ist nicht sehr weit bis zur Finca."

Babs war praktisch veranlagt. Sie startete ihren „Silberpfeil". Ein lautes Summen ließ ihr Herz höherschlagen. „Ja, wunderbar!" freute sie sich. „David wird auch anspringen," sagte Angelo. Babs fuhr vor und Angelo folgte ihr. Nach wenigen Kilometern hatten sie die Finca erreicht.

Durch das Rufen von Ian war Rita aufmerksam geworden und trat schnell aus der Eingangstür ins Freie. Als sie Angelo im VW Bus erkannte, entfuhr es ihr: „Ja, was für eine Freude!" und lief auf Angelo zu, der gerade ausgestiegen war und umarmte erst ihn und dann die anderen stürmisch.

## 19. Vorbereitungen:

Pedro war unruhig in seinem Inneren. Er hatte das Gefühl, etwas Großes würde bald geschehen! Rainbow und Ian spürten auch eine Präsenz. Rita war gerade dabei, den Ofen anzuzünden, als Ian rief: „Sie kommen!" Rita schloss das Ofentürchen und rannte zur Verandatür. Sie öffnete und schaute heraus. Waren da nicht zwei Lichtstrahle von Autos?

Sie freute sich und lief los. Die anderen drei folgten ihr gemächlich. Als sie die Freunde erblickte, war Angelo der erste, der umarmt wurde. Dann folgten alle anderen der Gruppe. Das gleiche Procedere geschah, als Ian, Rainbow und Pedro auftauchten. Babs und Angelo fuhren die Autos auf das Grundstück der Finca und bevor auch nur ans Ausladen zu denken war, gingen alle ins Haus und Ian und Rita wollten die neuesten Nachrichten des Engels hören...

Der Abend war noch sehr lang und vor drei Uhr morgens schlief außer Lassie und Phil keiner ein. Doch dann übermannte auch sie der Schlaf...

Am nächsten Morgen war es auch wieder recht mild für kanarische Verhältnisse. Die Sonneneruptionen trugen sicherlich ihren Teil dazu bei. „Ich habe den grünen Kristall heute gesehen, Dad. Er ist ganz schön riesig!"

Phil deutete mit den Händen etwa zwei Meter Höhe an. „Ich sah ihn auch," meinte Charlie. „Aber der war doch eher 3-4 Meter groß, oder?" Dabei schaute er Phil an.

Dieser zuckte die Schultern. „Drei Meter und sechzig Zentimeter..." Sie drehten sich um und der ihnen bereits bekannte Engel verströmte sein Licht im Raum.

„Wo kommst du denn her?" fragte Tia und strahlte. „Ich habe mich „hergebeamt", wie ihr es nennt," meinte der Angesprochene. „Und wie bekommen wir den Kristall in den Teide?" Seppis Frage war berechtigt.

„Wir transportieren ihn geistig hinein, gell?" meinte Viktoria.

Der Engel nickte und sprach: „In der Tat! So wird es gemacht! Und wenn ihr alle vor Ort seid, kommt er in eine andere Dichte, die weltliche Menschen noch nicht sehen können, nur fühlen. Ihr jedoch seid schon in der Lage dazu."

Fast hätte Babs ihn wieder unterbrochen, aber der Engel zeigte mit seinem Zeigefinger auf den Mund. Das Zeichen, Ruhe zu geben, kannte auch Babs.

„Morgen werdet ihr den Teide erkunden. Ihr dürft zu Fuß in den Krater steigen. Vier von euch werden das

63

bewerkstelligen. Die anderen bleiben hier und halten über das Gebet den Schutz aufrecht."

„Welche vier sind es denn?" Tia war jetzt neugierig.

„Nun, es ist geplant, das Angelo, Francesco, Ian und Sylvie gehen sollen. Sie sind die fittesten von euch. Phil ist noch zu jung und wird mit Charlie hier vor Ort gebraucht, um telepathische Botschaften an Angelo zu geben."

„Beamt sie doch einfach hin, dass ist einfacher," meinte Seppi und grinste.

„Einfacher schon, aber etwas zur Rettung vor einem großen Krieg auf der Erde und zur Aktivierung der neuen Energie auf der Erde dürft ihr auch tun. Wir dürfen hier leider nicht eingreifen, tut mir leid…"

„Na, da kann man nichts machen, wenn es „von oben" nicht erlaubt ist." Angelo zuckte mit den Schultern.

„Durch die Sonnenaktivitäten seid ihr in Gefahr, wenn es auf über 3000 Meter geht. Ihr müsst euch gut einölen mit reinem Kokosöl und denkt an die Kälte dort oben."

„Aber wie stellst du dir das denn vor?" fragte ihn Angelo ernsthaft. „Da liegt doch tonnenweise Schnee rum…

Wie sollen wir zum Krater kommen?" Jetzt setzte der Engel sein herzlichstes Lächeln auf, seit sie ihm begegnet waren.

„In der Tat, wollten wir euch nur prüfen!" Da schauten ihn die Freunde verwundert an.

„Das heißt…?" fragte Seppi. „In der Tat! Wir lassen euch im Dezember doch nicht zum Krater klettern…

Jedoch mussten wir eure Bereitschaft testen. Auf dieser Finca hier werdet ihr alles vorbereiten, was wir brauchen…"

„Wie vorbereiten? Hä?" meinte Francesco.

„Ich werde euch rechtzeitig Bescheid geben. Macht euch morgen mit der Schwingung des Teide vertraut. Fahrt so hoch, wie es möglich ist und verbindet euch mit dem Geist des Vulkans. Er ist in der Tat nicht erloschen, auch wenn er lange nicht mehr ausgebrochen ist."

„Unterirdisch gehören die Kanaren alle zusammen, richtig?" fragte Sylvie. „Ja, so ist es, in der Tat!"

Der Engel nickte und sprach weiter: „Sie sind ein Überbleibsel von Atlantis, wie ihr ja schon wusstet bzw. vermutet hattet. Ich muss jetzt wieder gehen. Wir sind ja ständig verbunden."

Er lächelte noch einmal und dann löste er sich auf. Die Freunde waren wieder einmal verblüfft über diese Form des Reisens. Der Einzige, der darüber grinste war Charlie.

Er kannte diese Art des Kontaktes schon von früher her.

„Morgen wäre erst die Fähre gefahren und hätte gut 2 Tage später erst abgesetzt. Das wäre stressig geworden mit den Vorarbeiten. Jetzt jedoch, haben wir wohl genügend Zeit!"

„Richtig!" Angelo mischte sich ein. „Einige, die fühlig sind, werden morgen mit mir zur Teide hochfahren. Ich denke, wenn wir zu fünft oder sechst sind, reicht das aus. Ich plädiere für Babs ihr Auto, da sie sechs Sitzplätze hat und am meisten „Dampf" unter der Haube…"

Die Freunde lachten. Babs stand auf und lächelte freudig in die Runde. Jetzt kam wieder ihr Engelantlitz zum Leuchten.

„Aber Angelo soll den „Silberpfeil" fahren. Er hat am meisten Routine darin, abgesehen von mir. Ich bleibe nämlich hier, da einige von euch fühliger als ich sind."

So war sie, die liebe Babs. Sie verzichtete sogar auf einen Platz im Auto! Die Freunde verständigten sich darauf, dass Phil, Ian, Rita, Rainbow und Pedro Angelo begleiteten. Es ging hier aber nicht nur um Fühligkeit, sondern auch um Kondition. Charlie, der telepathisch sehr bewandert war, wurde als Kontaktmann für den Engel auf der Finca bestimmt.

Die anderen Freunde sollten meditieren und beten, um die Schwingung hoch zu halten. Babs als gute Seele des Hauses, bot sich an, in der Zeit für alle vegetarisch zu kochen. Dieser Vorschlag wurde gerne angenommen!

Rainbow hatte plötzlich eine Vision: „Ich kann Farben sehen und immer wieder ein Symbol. Es ist die Zahl 9."

Angelo antwortete sofort darauf: „Nun, die Neun, mein lieber Rainbow ist die Zahl der Vollendung! Ein gutes Zeichen!"

Rainbow schaute auf und grinste in die Runde: „Supi! Ich hab in letzter Zeit überall die Zahl 9 gesehen. Also bin ich nicht nur ein Freak und Weltverbesserer, oder? Keiner nimmt mich so richtig ernst von den weltlichen Menschen..."

„Bei uns bist du einer von Unseresgleichen!"

Tia nahm ihn in Schutz, obwohl sie ihn erst seit gestern kannte.

Rainbow meinte dann: „Ich werde als Freak und V-Theoretiker bezeichnet, dabei war ich damals im Sommer 2009 einer der Ersten, der vor der Grippe-Impfung warnten."

Angelo antwortete: „Ja, aber dank der Massengebete und dem Einstellen der Wünsche ins Gedächtnis der Erde fand die geplante Massenzwangsimpfung damals ja nicht statt. Sie konnte gerade noch einmal abgewendet werden."

Charlie hob den linken Arm. Angelo nickte ihm zu. Charlie lächelte sanft und sprach: „Ganz so war es aber doch nicht. Viele Millionen ließen sich trotzdem freiwillig impfen, weil sie glaubten, es half ihnen. Ja und schon wenige Tage später kam es weltweit zu heftigen Reaktionen der Geimpften."

„Wenn wir nicht geholfen hätten... wer weiß, was passiert wäre..." sagte Angelo.

Rita schaute jetzt verwirrt... „Wie? Ihr habt geholfen? Wie denn?"

„Nun, Charlie, ein paar andere Freunde und auch ich bekamen in der Nacht von der geistigen Welt eine Botschaft dazu. Wir sollten etwas Bestimmtes tun..."

Angelo hatte dabei direkt Rita angeschaut. Die ließ aber nicht locker.

„Und? Habt ihr es getan und geschafft?" Seppi fasste sie liebevoll am Arm.

„Mädel, dass siehst du doch. Sonst wären wir jetzt alle nicht hier."

Rita nickte. Trotzdem wollte sie mehr wissen. „Was habt ihr denn gemacht?"

„Gebetet und Heilungen durchgeführt. Aber nicht alleine, sondern in der Gruppe!" Charlie sagte das so locker, als wäre es das Einfachste der Welt gewesen.

Angelo räusperte sich. „Liebe Rita. Du scheinst nicht zu wissen, wie stark ein Gebet sein kann, dass von vielen hunderten von Menschen gesprochen wird, oder?"

Rita schüttelte den Kopf. „Wir baten damals unseren geliebten VATER, dass allen unschuldigen Menschen geholfen wird im Rahmen unseres freien Willens und deren freien Willens. Soll heißen, alle die Menschen, die nicht die Impfung mehr wollten, bekamen eine geistige Gegenschwingung eingegeben. Meistens aber erst, nachdem Erstreaktionen eingetreten waren. Auch den Chipcode, den viele schon trugen, konnte gelöscht werden durch das Gebet."

„Und dem netten Magneten…" lachte Charlie.

„Magnet? Cool!" Rainbow lächelte jetzt wie ein zehnjähriger Schulbub, der einen lustigen Streich den „Großkopferten" gespielt hatte…

„Ja, in der Tat!" Angelo lächelte ihn an. „So ein großer Neodym Magnet löscht so ziemlich alles auf und kann auch Wasser positiv energetisieren."

„Und wie geht das, Angelo?" Aber statt Angelo reckte Seppi sich.

„Mein Metier ist das. Also hört genau zu, was ich euch sagen möchte: Es ist bekannt, dass Magnete Heilkräfte haben, deshalb spricht man ja auch vom Heilmagnetismus. So: Und jetzt gehe ich mit dem starken Neodym Magneten an die Stelle im Körper, wo der Chip sitzt und PENG! Weg ist er! Nichts mehr mit senden und so…

Ihr müsst euch das wie mit der Festplatte eures Computers vorstellen: Wenn man mit einem großen Magneten eines Neodym Kalibers daran vorbei geht, könnt ihr euch von euren Dateien verabschieden…"

Tia nickte und sagte: „Zuerst hatten wir die Chips der armen Haustiere gelöscht. Und dann kam ein Bekannter von uns vorbei und auch dort wurde der Chip gelöscht."

Rita bekam ganz große Augen. „Und wie kam er aus dem Körper heraus oder ist er noch drin?"

Seppi lächelte jetzt süffisant. „Freilich ist das Trum jetzt draußen. Über den Stuhlgang. Verstehst?"

Jetzt ging sein bayerischer Akzent wieder mit ihm durch. Die Sprache war ansteckend. Es gab ein Gelächter in der Runde.

„Charlie, Angelo und viele Freunde schrieben dann in verschiedenen Foren wie es geht und setzten es über das persönliche Gebet mit Gottvater ins Gedächtnis der Erde und täglich entledigten sich tausende ihrer Chips bzw. ihrer „Altlasten" die sie durch hintervotzige Impfungen bekommen hatten."

„Ach deshalb war das Thema dann plötzlich vom Tisch?" Ian schaute die fragende Rita an. „Genau," sagte er.

„Ich als V-Theorien Profi bin natürlich in allen wichtigen Foren unterwegs und habe ja auch meine geistigen Kontakte. Der Punkt war kurz vor Jahresende 2009 überschritten. Das Licht war endgültig stärker als die Dunkelheit geworden und hielt bis 2015. Dann kam die Masseneinwanderung der Migranten nach Europa, besser nach Deutschland und Schweden hauptsächlich und es begann wieder zu kippen. Die dunkle Seite wurde wieder stärker. Zum jetzigen Zeitpunkt sind ja zig Millionen von ihnen im Land und sie passen sich nicht an, dass ist das Problem. Sie holen ihre Lebensweise nach Europa und wer sich von den Deutschen oder Europäern nicht anpasst ist ein Na..."

Weiter kam er nicht. „Leider ist es so," unterbrach ihn Babs.

„Extreme Hitze im Frühjahr, Sommer und Herbst..." Das Wetter zeigt sich als Resonanz im Großen wie im Kleinen."

Rita hatte bei dem Satz die Arme verschränkt.

„Auswirkungen der Menschen, Rita! Alles, was sich in ihrem Inneren abspielte, zeigte seine Resonanz im Großen, sprich Wetter!"

„Hab ich doch mit meinen Worten gesagt," sagte Rita nachdenklich.

Phil, der jüngste in der Runde räusperte sich. „Darf ich als Teenie auch mal was dazu sagen?"

„Natürlich, mein Sohn!" Angelo lächelte.

„Also: Im Sommer gab es die ersten großen Probleme. Die Handys gingen oft kaputt oder hatten Ausfälle. Das waren die Sonnenaktivitäts-Vorboten, wie mein Dad sagte. Entweder Trockenheit pur oder gebietsweise sintflutartige Regenfälle."

„Aber bei uns nicht und Charlie und Seppi waren auch verschont…" Angelo hatte es mit Nachdruck gesagt.

„Klar, weil du alles eingehüllt hattest, Angelo und für uns alle um göttliche Gerechtigkeit bezüglich des Wetters gebetet hattest und das nur das Wetter herniederkommt, was für uns bestimmt ist." Tia nahm Angelo kräftig in Schutz.

„Heißt das…?" „Genau, Pedro," sagte Ian und unterbrach ihn.

„Jeder ist seines Glückes Schmied und bekommt nur das, was er gesät hat auch als Ernte…" Pedro nickte.

Auch auf den Kanaren war eine heftige Trockenheit in der Zeit zu verzeichnen gewesen…

„Aber jetzt…" Angelo schaute ernst. „Hat die dunkle Seite zum letzten finalen Gegenschlag ausgeholt und wenn wir es schaffen, die Kristalle miteinander zu vernetzen, ist Ruhe auf Erden."

Der Engel war plötzlich mitten unter ihnen. „Gut gesprochen, ihr Lieben! Ich brauche ja gar nichts mehr erklären. Es ist und war alles so, wie ihr es erklärt habt. Den finalen Gegenschlag werdet ihr auch abwehren, da bin ich mir sicher! Der VATER hat speziell euch vor dieser Inkarnation gefragt, ob ihr diese Aufgabe übernehmen möchtet und ihr habt freudig JA gesagt…"

Charlie hob wieder den Arm. „Weißt du was die andere Seite noch plant, um unseren Plan zu vereiteln?"

„Ja, das weiß ich und werde es euch jetzt kundtun. Die Stunde dafür ist gekommen."

Alle lauschten mit ihren Ohren und hörten, was der Engel jetzt sagte: „Die menschliche Tsunami Kette von Moslems und Afrikanern wurde ja 2015 losgelöst. Noch ist kein Ende in Sicht. Europa und hier speziell Deutschland, soll komplett umvolkt werden. Es soll eine hellbraune Mischrasse in Europa entstehen, die sich leicht von der anderen Seite führen lassen kann."

„Das ist ja furchtbar!" Babs war aufgeregt.

Der Engel meinte darauf hin: „Nun, durch das starke Gebet von 12 Personen kann Schlimmeres verhindert werden. Wenn ihr symbolisch durch diese Zahl an Menschen die

Erdbewohner vertretet, kann Ur-Erzengel Michael mit seinen Heerscharen aktiv werden und eingreifen, denn das Leben aller Menschen steht auf dem Spiel, wenn daraus ein großer Krieg werden würde!"

Sprachlosigkeit machte sich breit! Angelo war als erster wieder gefasst.

„Deshalb beten wir jetzt und geben eine Gegenschwingung gegen den Auftrag der dunklen Seite."

Angelo meinte dazu:

„Wir sind 13 Personen: Tia, Seppi, Charlie, Margery, Rita, Perdo, Ian, Rita, Babs, Sylvie, Francesco, Phil und ich."

Der Engel schaute in die Runde. Sie waren in der Tat 13 Personen. „Wie bei Jesus damals. Die 12 Apostel und Jesus als Dreizehnter." Der Engel schaute jetzt weise.

„Die Zahl 13 ist eine besondere mystische Zahl, die sowohl positiv als auch negativ genutzt werden kann."

Angelo stand jetzt auf: „Also ich bete laut vor, was ich eingegeben bekomme und ihr zwölf wiederholt es bitte. So wurde es mir gerade telepathisch übermittelt."

„Dann habt ihr ja eure Antwort," sagte der Engel und schon war er wieder verschwunden...

## 20.  Franz in Aktion!

Franz, Irmchen und ihr Hund Lassie hatten sich schnell an die Schwingung und die neue Situation gewöhnt.

Der Kontaktmann auf Fuerteventura begrüßte sie freundlich und zu viert fuhren sie zu einer kleinen Hütte. „Hier seid ihr sicher," sagte er.

„Was machst du jetzt?" fragte ihn Franz. „Morgen früh, nach der zehnten Stunde, komme ich wieder..."

Dann löste er sich in Luft auf...

Die Freunde waren erst einmal baff, dass es sich um einen Engel handelte. Dann packten sie erst einmal das Notwendigste aus und begannen sich ein Abendessen zuzubereiten...

Die Nacht verlief friedlich und sehr ruhig und wäre Lassie nicht so unruhig gewesen, weil er dringend ein „Geschäft" erledigen musste, hätten sie wohl bis 9 Uhr oder länger geschlafen. So mussten sie jedoch aufstehen und spürten die Sonnenaktivitäten heute sehr stark.

Es war noch sehr warm...

Der Helfer-Engel war ein sehr gutmütiger und liebevoller Zeitgenosse. Er schien unendlich viel Geduld zu haben. Als dann alle bereit waren aufzubrechen, setzten sie sich ins Auto und die Fahrt begann. Das Ziel war der Pico de Jandia.

Um diesen unteren Teil der Insel zu erreichen, mussten sie nur 10 km fahren. In Morro Jable am Kreisverkehr geht die Straße immer bergauf immer Richtung Wasseraufbereitungs-anlage. Hinter den Hügeln des wundervoll eingebetteten Golfplatzes von Morro Jable blieb das Auto stehen und es ging zu Fuß weiter.

Nur gut, dass sie jeder einen Rucksack mit Proviant und viel Wasser dabei hatten. Einen Wasserschlauch für Lassie trug er um den Bauch gebunden. Das war zwar ein Handicap beim Laufen, aber Lassie sollte ja auch Wasser bekommen. Es war jetzt gut 20 Grad warm und die Sonne brannte schon heftig.

Der stetig folgende Aufstieg Richtung Gipfel war recht beschwerlich für die beiden. Lassie lief vergnügt vorne weg und blieb schon mal neugierig stehen, wenn er Geckos und andere, für ihn ungewohnte Tiere, sah.

Der Weg wurde jetzt steiler aber auch sehr karg, was das landschaftliche betraf. Die Steine hatten hin und wieder eine Flechten- oder Moosart auf sich wachsen. In einer Entfernung stand ein großes Tor.

„Was hat das zu bedeuten?" fragte Irmchen. Franz zuckte mit den Achseln. Der Engel lächelte.

„Das ist dafür da, dass Tiere, die oben leben, nicht herunter-kommen. Wir können es öffnen, hindurch schreiten und wieder schließen."

Als sie dieses getan hatten, ging es weiter Richtung Gipfel. Sie legten noch zwei kleine Trink- und Verschnaufpausen ein und etwa zwei Stunden später hatten sie den Gipfel erreicht. Er war glücklicherweise schneefrei.

„Was sollen wir jetzt machen?" fragte Franz. Der Engel deutete auch eine winzige Stelle neben dem Gipfel. „Hier wird feinstofflich der Kristall versenkt."

Franz fing auf einmal an herzhaft zu lachen. Erst nach einigen Minuten bekam er sich wieder in den Griff. „Soll das heißen, wir haben uns den Gipfel nur mal so angesehen? Müssen wir in der nächsten Nacht wieder hinauf?"

Der Engel schüttelte den Kopf. „Nein, das ist nicht nötig! Ihr könnt ihn hier und jetzt versenken. Es passiert ja feinstofflich! Schau dort hinüber, Franz! Nimm den Leuchtturm als Anhaltspunkt. Etwa 1000 Meter weiter im Meer draußen liegt der Kristall jetzt und wird behütet von Seejungfrauen."

„Den holen wir von ihnen jetzt ab?" fragte er leicht ungläubig. „So ist es, in der Tat!" Der Engel lächelte die Freunde an.

„Wie geht das denn?" fragte Irmchen.

„Wir beten jetzt zu dritt hier und bitten die Beschützerinnen, die feinstofflichen Meerjungfrauen, ihn uns auszuhändigen und du wirst ihn dann versenken."

Franz nickte. Sie setzten sich bequem hin und begannen ihr Gebet: „Geliebter Gott Vater, wir bitten dich jetzt, dass die Meerjungfrauen, die lieblichen Beschützer des Kristalls, ihn jetzt an uns übergeben und wir ihn hier auf diesem Platz seinem Bestimmungsort zukommen lassen. Danke geliebter

Vater! Amen! Amen! Amen! Jesus Christus ist Sieger! Jesus Christus ist Sieger! Jesus Christus ist Sieger! Vater, dein Wille geschieht jetzt! Amen! Amen! Amen!"

Plötzlich spürte Franz etwas sehr angenehm Warmes zwischen seinen Händen. „Das ist der Kristall!"

Der Engel freute sich auch! „Es hat geklappt!" Franz wollte auch aufstehen, aber der Engel drückte ihn dezent zurück.

„Nein! Bleib so wie du bist! Konzentriere dich jetzt auf den richtigen Platz für den Kristall...JETZT!"
Franz fühlte in sich hinein und sah vor seinem geistigen Auge den Platz, der für den Kristall vorgesehen war. Er gab den telepathischen Auftrag, dass der Kristall dorthin wandern möge und dieser tat, wie ihm geheißen.

Etwa 30 Sekunden später öffnete Franz die Augen: „Es ist geschehen!"

Der Engel half ihm jetzt auf. „Entschuldige eben, es musste so sein."

Franz lächelte ihn an. „Alles ok! Kein Problem!"

„Hast du jetzt einen Wunsch?" fragte ihn der Engel. „Einen schönen starken und heißen Mokka..."

Irmchen musste lachen! Ja, so war ihr Mann...

## 21.  Kletteraktionen und Außergewöhnliches…

Am nächsten Morgen wurden alle zwischen sieben Uhr und halb acht wach. Das Gebet gestern Abend war erfolgreich verlaufen! Rita wollte das Radio einschalten, aber nichts ging mehr…

Auch alle anderen Geräte waren ausgefallen! Selbst die Handys funktionierten nicht mehr…

„Waren das die Sonnenaktivitäten?" Rita fragte mit einem fragenden Blick Francesco. Der zuckte die Achseln.

Sylvie, die meistens recht schweigsam war, begann zu sprechen: „Ich hatte diesbezüglich einen Traum…"

Charlie schaute sie an: „Ich auch, aber erzähle du zuerst…"

Sylvie nickte und begann weiter zu erzählen: „Ich sah aus Richtung Sonne riesige Engel herniederkommen… Sie waren gigantisch groß und flogen in einer Art Feuerglut! Dann wurde der amerikanische Kontinent mit Feuersbrünsten übersät! Das Chaos war total!"

Charlie räusperte sich. „Ich sah das auch, aber ich bekam auch die Erklärung dazu…"

Angelo ermunterte ihn mit einem Handzeichen, weiter zu machen: „Ja, es war eine Warnung! Und der Stromausfall ist das Zeichen, dass uns kaum Zeit bleibt, alles umzubiegen."

„Meinst du, Charlie," sagte Rita, „dass die Tsunamis nicht mehr kommen?"

„Nun," sagte der Angesprochene. „Freilich ist es so, dass wir dafür gebetet haben, aber jetzt kommen wir Heiler ins Spiel. Das sah ich in der Traumvision auch!"

Dann stand er auf und zeigte auf Ian, Angelo und Phil. „Wir vier dürfen jetzt zeigen, was wir können."

Angelo nickte. „Ich habe gerade die Erlaubnis beim VATER angefragt und bekommen."

„Wunderbar!" Charlie war in seinem Element! Dann ging er auf ein sehr altes Buch zu, welches auf einem Regal stand.

„Das kommt ja wie gerufen," lächelte er und ergriff das gute Stück und legte es vor sich auf den Boden. „Das ist ein Buch mit Drucken von alten mittelalterlichen Karten. Seht hier," sagte er und hatte das Buch aufgeschlagen. „Die Erde sieht anders aus als wir sie kennen. Sie ist flach, unbeweglich und hat ein Firmament. Alles genau so, wie es in der Bibel steht."

Ian bekam große Augen. „Kann man denn so eine Karte für unsere Heilungen nehmen?"

„Selbstverständlich," fuhr jetzt Angelo dazwischen. Wir holen unsere Orgonstrahler und bestrahlen das Firmament einzeln und die Erdteile auch. Also los!"

„Wir legen jetzt noch unsere Hände über diese Erde hier auf der Karte," meinte Angelo.

„Gut, dann sind wir 7 Personen. Very well."

Charlie deutete an, dass sich alle im Kreis auf die Erde setzen sollten und so geschah es. Dann hielten sie ihre Hände bzw. die Orgonstrahler über die Erde und sendeten ihr Heilenergie.

Angelo sprach plötzlich medial: „Geliebte Freunde. Wir von der geistigen Welt unterstützen euch. Heilung geschieht jetzt. Heilung für die geliebte Erde. Alle negativen Dinge werden jetzt eliminiert, die der VATER erlaubt. Amen, Amen, Amen!"

Die Mitwirkenden sahen, wie sich plötzlich die Energie der sieben Personen bündelte und das komplette Buch in goldenes Licht einhüllte! Diese Lichtsendung dauerte mehrere Minuten an. Dann verebbte sie plötzlich.

„Was war denn das?" fragte Rita. „Das war das Heilungslicht vom VATER. Alles negativ bedrohende Unheil wurde durch Ur-Erzengel Michaels Heerscharen gelöscht. Die Lebensgefahr ist gebannt!"

Viktoria platze plötzlich heraus: „Oh wie schön, oh wie schön…" Und deutete auf die Luft über der Karte.

Die Freunde sahen dorthin, sahen aber nichts. Viktoria war ganz verzückt! „Sie sieht farbige Orbs und sie tanzen jetzt!"

Nachdem Angelo das gesagt hatte, sah er sie auch. Es mischten sich jetzt viele Naturwesen mit ein und bald war der ganze Raum mit Elfen, Feen, Zwergen und Wichtelmännchen gefüllt.

Etwa eine Stunde wurde die Freude über die gelungene Rettung mit den Naturwesen gefeiert. Plötzlich manifestierte sich ein Wesen nur unweit des Kreises. Es war ein Faun!

Aber nicht irgendeiner, sondern Pan höchstpersönlich! „Ich danke euch, liebe Freunde und Lichtgeschwister. Doch jetzt ist Zeit zum Aufbruch. Freund Teide, dieser liebevolle, sensible Vulkan wartet auf euer Kommen!" Dann war er wieder verschwunden!

Es gab noch einige Äußerungen zu Pan´s Auftauchen und Verschwinden, aber dann brachen die sechs Personen auf. Babs´ "Silberpfeil" sprang Gott sei Dank sofort an und Angelo fuhr vorsichtig los, Richtung Teide…

Es dauerte nicht sehr lange und sie sahen die ersten Hinweisschilder. Angelo begann plötzlich zu lachen!

„Mir wurde gerade telepathisch mitgeteilt, dass man normalerweise mit der Drahtseilbahn , die „Teleferico" oder so ähnlich heißt, ziemlich weit hoch fahren kann ohne Erlaubnis der Nationalpark Verwaltung zu haben, aber im Augenblick fährt das gute Stück nicht. So´n Pech aber auch! Der Schnee fängt schon früh an…

Ich hab nachgefragt und die Helfer-Engel meinten, etwa auf 2500 Meter Höhe fängt die Schneeregion an und es wäre sehr leichtsinnig, bis zum Gipfel auf 3718 Meter zu wandern…"

Ian tippte ihn dezent an. „Lass uns dort am dem Parkplatz anhalten. Das GPS von Babs funktionierte zum Glück und zeigte etwa 2300 Höhenmeter an. Ist schon recht frisch hier oben trotz der Sonnenaktivität…" Sie stiegen aus und nahmen jeder einen Rucksack mit. Nachdem sie eine halbe Stunde gelaufen waren, sahen sie vor sich etwas blinken. Als sie es erreicht hatten, lag dort ein Abzeichen.

„Das sieht wie ein Hinweis für uns aus," meinte Phil und grinste. „Im Ernst, das ist es," sagte sein Vater Angelo plötzlich voller Aufregung!

„Bingo!" kam telepathisch durch, nachdem Phil es, so wie er meinte, spaßeshalber gesagt hatte. Angelo nahm das Abzeichen in seine Hände. Plötzlich blitzte es auf und er war verschwunden! Die Freunde waren sprachlos!

Angelo verstand die Welt nicht mehr! Er löste sich auf und während er noch versuchte nachzudenken, war er plötzlich wieder auf festem Boden! Doch was war denn das? Er zuckte zusammen!

Vor sich sah er den Kraterrand des Pico del Teide und konnte hinuntersehen. Schwefeldämpfe traten ihm entgegen!

Sofort rief er telepathisch nach Hilfe. „Du brauchst nicht zu rufen, ich bin ja schon bei dir," sagte sehr sanft eine vertraute Stimme hinter ihm. Trotz der leisen, sanften Stimme fuhr Angelo erschrocken herum! Dort stand der Engel, der sie begleitete und lächelte ihn an!

„Warum hast du mich denn nicht vorgewarnt?" fragte er ihn und man merkte Angelo an, dass ihm der Schreck immer noch in den Gliedern saß!

„Nun, du hast es gut gemeistert. Stell dir vor, ich hätte dich vorgewarnt…"

„Meinst du, ich hätte mich erschreckt?" Aaronn nickte.

„Hier ist der Krater des Pico del Teide. Dort wird der grüne Kristall versenkt. Und zwar genau um Mitternacht."

Angelo schaute ihn an. „Muss ich noch einmal hier hoch?"

„Nein, du nimmst dir die Energie, die du brauchst heute mit und auch einen großen Stein. Ich hole dich in etwa einer halben Stunde ab. Jetzt verbinde dich mit dem Vulkan."

Dann war er verschwunden!


## 22. Sabine hilft mit:


Das Telefon klingelte! Charlie hatte die gemeinsame Freundin Sabine anrufen müssen! Da Charlie sie auch gut kannte, war ihm klar, dass er es tun musste! Sie war schnell am Telefon und die Leitung knisterte, aber hielt! Er sagte nicht viel, nur dass sie jetzt sofort in Trance gehen sollte.

Die Botschaft der geistigen Welt käme… Nachdem Sabine aufgelegt hatte schaute sie auf die Uhr. Es war noch nicht Mittag! Ihr Mann und Sohn waren noch nicht Zuhause!

Sie hatte Zeit! In ihrem Meditationszimmer zündete sie eine weiße, gesegnete Kerze an und betete zum VATER.

Plötzlich geschah etwas Außergewöhnliches! Ur-Erzengel Pura, besser bekannt als Mutter Maria, stand geistig vor ihr. Das ganze Zimmer war mit dem lieblichen Duft von Rosen erfüllt!

„Geliebte Tochter! Wir möchten, dass du den dritten Part der Erdheilung und Schwingungserhöhung übernimmst, so wie du es vor deiner Inkarnation versprochen hast."

Sabine schluckte! Sie nickte und Mutter Maria erklärte ihr die Aufgabe! Sie reiste an der Seite von Ur-Erzengel Michael ins Bermuda Dreieck. Dort schwammen mehrere Delfine umher.

Ur-Erzengel Michael führte sie zu der großen Pyramide auf dem Meeresboden. Dort zeigte er ihr, wie sie den großen Kristall in der Spitze der Pyramide wieder aktivieren konnte.

Sabine betete und drehte ihn dann nach rechts. Der Kristall begann hellblau zu leuchten! Ihr ganzer Körper wurde von einer Woge starker Liebesenergie durchflutet. Mit Michael reiste sie dann wieder nach Hause zurück. Nach etwa 30 Sekunden öffnete sie die Augen. War das jetzt Realität? Oder hatte sie das geträumt?

Sie wusste es nicht…

## 23. Franz kommt zu Besuch:

Franz, Irmchen und Lassie waren wohlbehalten wieder in dem kleinen Blockhaus angekommen und harrten der Dinge, die da kommen sollten. „Heute Abend, wenn es dunkel ist, bringen wir euch zur Finca nach Teneriffa."

„Es sind wohl noch ein paar Stunden. Willst du noch mit Lassie Gassi gehen oder wollen wir uns ne Runde aufs Ohr legen?" fragte er seine Frau.

„Ich möchte gerne mit Lassie Gassi gehen." Franz nickte und sie verließen das kleine Haus.

Als es dunkel war - Franz schätzte es auf etwa Mitternacht, wurden sie abgeholt. Es verlief fast genauso wie beim ersten Transport, nur dass es jetzt wesentlich schneller ging. Innerhalb weniger Minuten hatten sie die Finca erreicht.

Als Franz an die Verandatür klopfte, wurde er gleich als Erster von Viktoria gesehen. Sie öffnete die Tür und Franz meinte nur: „Die Wege des Herrn sind manchmal sonderbar…"

Es gab ein herzliches Willkommen heißen und die Umarmungen und Hände schütteln wollten schier kein Ende nehmen. Doch der Hauptakteur war Lassie, der sich kraulen und durch knuddeln ließ und es sichtlich genoss… Jetzt warteten sie alle gemeinsam auf die Rückkehr der 6 „Bergsteiger"…

## 24. Alles wird gut!

Der Engel manifestierte sich bei den fünf Freunden, die seit dem Verschwinden ihres Freundes Angelo auf dessen Lebenszeichen warteten und hofften.

Phil war gerade am Beten, als er den Engel sah.

Er sagte nur noch kurz: „Danke geliebter Vater!" und öffnete seine Hände. „Wo ist mein Vater, lieber Engel," sagte er zu ihm und umarmte ihn stürmisch.

Dieser ließ es geschehen und sagte dann: „Er befindet sich auf dem Gipfel und nimmt Kontakt mit Bruder Teide auf. Ich hole ihn gleich ab. Er braucht noch etwas Zeit, damit er mit ihm so verbunden ist, dass ihr den Kristall gut platzieren könnt an der Stelle, wo er hin muss."

Erleichterung machte sich bei den Freunden breit. Einige Minuten plauderten sie noch und dann winkte der Engel und verschwand wieder. Da er ihnen aber gesagt hatte, dass er Angelo heil zurückbringen würde, warteten sie jetzt auf seine Wiederkunft. Er manifestierte sich am Gipfel des Teide und begrüßte den Vulkan. „Ich grüße dich Bruder Teide. Ich spüre, dass du schon Freundschaft mit Angelo geschlossen hast."

Dieser nickte. „Bist du bereit, Angelo?" Er nickte abermals. „Dann halte das Abzeichen gut fest…"

Es blitzte und Angelo löste sich auf, um Bruchteile von Sekunden später wieder an der Stelle zu sein, wo er unfreiwillig gestartet war. Phil fiel seinem Papa gleich um den Hals und drückte ihn herzlich. Es gab einiges zu erzählen.

Nach dreißig Minuten machten sie sich auf den Rückweg, um danach sicher zur Finca zurück zu fahren...

Als sie die Finca betraten, gab es eine große Willkommensfreude!

Der Engel begann alles zu erklären, was noch Wichtig war und dann genossen die Freunde die Zeit des Heilungsprozesses!

## 25. Die Rettung der Erde

Der nächste Tag! Die Aufregung wuchs! Zwischenzeitlich hatten die Freunde Aura sehen geübt und reichlich Kontakt mit den Naturwesen aufgenommen! Pan hatte ihnen erklärt, dass der beste Schutz gegen negative Einflüsse eine Mischung aus Manuka Honig mit Sternanis Pulver sei. Die Engel manifestierten ihnen davon reichlich und sie benutzten es auch! Auch wurde nach Pans Anleitung sämtliche Anlagen weltweit entstört, die die Luft und Umwelt negativ beeinflussten.

Das geschah über das Gebet mit Hilfe der Wünsche und des freien Willens. Die Sylphen, wie die Luft-Engel heißen, halfen dabei kräftig mit.

Heute waren die Sonneneruptionen besonders stark!

Um 23.30 Uhr befand sich neben der Helfer-Engel auch Ur-Erzengel Michael in dem großen Raum und alle hielten sich an den Händen und beteten.

Eine Minute vor Mitternacht bekam Angelo eine telepathische Botschaft: „Geliebter VATER," sagte er laut.

Alle sprachen es ihm nach. „Wir bringen jetzt den grünen Heilungskristall von Atlantis an seinen ihm zugestandenen Ort. Jetzt!"

Dann hob Angelo die Hände und setzte ihn geistig genau an den Platz, wo er hinsollte. Den Stein vom Teide hatte er auf seinem Schoss liegen. So hatte er direkten Kontakt.

Dann sprach die Stimme in Angelo weiter: „Jetzt verbinden wir den Heilungskristall des Teide mit dem Kristall auf Fuerteventura und dem Kristall im Bermuda Dreieck. Es sei!"

Dann zischte ein großer Blitz auf! „DAS NEUE ZEITALTER HAT BEGONNEN UND DIE WELTKRIEGSGEFAHR IST ABGEWENDET!"

Diese Stimme kam in so weicher, liebevoller Art von einem Platz hinter ihnen. Dort stand eine durchscheinende Gestalt!

„VATER IN JESUS CHRISTUS!" durchdrang es Angelo und fiel auf die Knie und verbeugte sich.

Die anderen taten es ihm nach und die Schwingung im Raum stieg in nie gekannte Höhen! Nach einer Zeit, die keiner bemessen konnte, sprach Ur-Erzengel Michael die Freunde an: „Ihr habt ein großes Werk getan! Das Kriegsszenario wurde abgewendet, der Heilungsprozess wurde eingeleitet und kann nicht mehr gestoppt werden. Ihr habt eure Aufgabe mit Bravour erfüllt. Wir sind voller Freude mit euch! Amen! Amen! Amen!"

Dann löste er sich in einer Lichtsäule auf.

„Wow!" mehr kam aus Angelo nicht heraus. Der Helfer-Engel fragte dann in die Runde: „Wollt ihr Weihnachten hier verbringen oder wieder daheim im kalten Deutschland?"

Wie aus einem Mund kam die Antwort: „Hier!"

**ENDE**

Weitere Bücher von Johannes Allgäuer könnt ihr bei **www.bod.de** bestellen.

Ihr braucht in der Suchleiste nur: „Johannes Allgäuer" eingeben und schon werden euch alle Bücher aufgelistet, die es bei BOD gibt.

Wer Interesse an dem Orgonstrahler „Maria" hat, schickt bitte eine E-Mail an:

**friede-auf-erden@gmx.de**

Dort erfahrt ihr, was er kostet und welches zusätzliche Material dabei ist.

Schutzgebet:

Wir senden jetzt das Licht, die Liebe, die göttliche Gerechtigkeit, die Heilkraft und den Segen des VATERS – in Seinem Namen gesprochen – hinaus in die Welt, dass es überall dorthin fließt, wo der VATER es möchte. So ist es und so sei es. Amen. Amen. Amen."